馬江海韻

陳奮武題

海峡出版发行集团
THE STRAITS PUBLISHING & DISTRIBUTING GROUP

海峡书局

图书在版编目（CIP）数据

马江流韵/马江画院编. --福州：海峡书局，
2012.11
ISBN 978-7-80691-792-3
Ⅰ.①马… Ⅱ.①马… Ⅲ.①汉字—书法—作品集—中国—现代②绘画—作品综合集—中国—现代 Ⅳ.①J121

中国版本图书馆CIP数据核字（2012）第259165号

责任编辑：赖晓兵
装帧设计：福州明朗文化传播有限公司

马江流韵

编　　者：马江画院
出版发行：海峡书局
地　　址：福州市东水路76号出版中心12层
网　　址：www.hcsy.net.cn
邮　　编：350001
印　　刷：福州华悦印刷有限公司
开　　本：889mm×1194mm　1/16
印　　数：0001-1300
印　　张：6
版　　次：2012年11月第1版 第1次印刷
书　　号：ISBN 978-7-80691-792-3
定　　价：128.00元

目录

前 言

翰墨飘香歌盛世，马江潮涌帆正举。为迎接中国共产党第十八次代表大会的胜利召开，在各级领导的重视和关怀下，我们承编《马江流韵》书画集，她是《马江翰墨》的姐妹篇。三年前，《马江翰墨》作为献给福州经济技术开发区建区25周年的纪念篇，今天的《马江流韵》将作为喜迎党的十八大胜利召开的献礼篇，意义深远倍感荣幸。

本书以服务全区书画作者为宗旨，进一步激励艺术家用手中笔、胸中情，描绘祖国山川靓丽景色，反映地域特色风土人情，讴歌改革开放丰硕成果，尽情抒发爱国情怀。入编的书画作品有八十六高龄老翁和十一稚龄儿童，其蕴含着我区书画艺术前有来者、后继有人。作品除了来自于各行各业外，还特邀了部分在外工作并取得一定成绩的马尾籍书画家及全国各地友好往来的作品，较全面地展示书画家的艺术水平和精神风貌。

马江之水源远流长，翰墨丹青情谊深深。值此马江画院建院五周年之际，《马江流韵》在大家的努力下就要付梓了，甚感欣慰。回顾画院的工作，五年来，我们欣喜地看到书画家们不仅妙笔生花，而且硕果累累。展望未来，我们深信马江之畔将建起一座美丽的艺术家园……

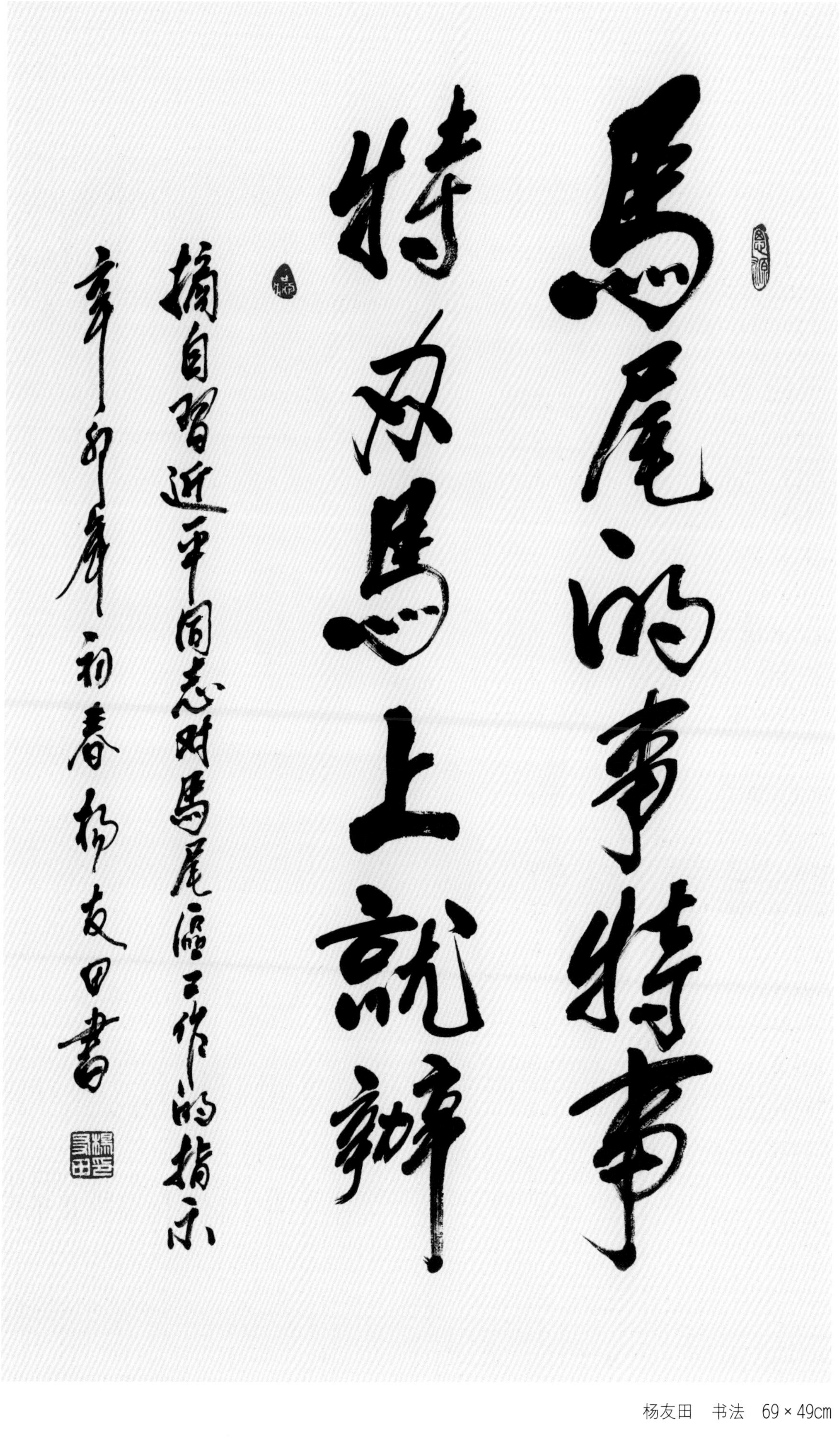
馬尾的事特事
特办馬上就辦
摘自習近平同志对馬尾區工作的指示
辛卯年初春杨友田書

杨友田　书法　69×49cm

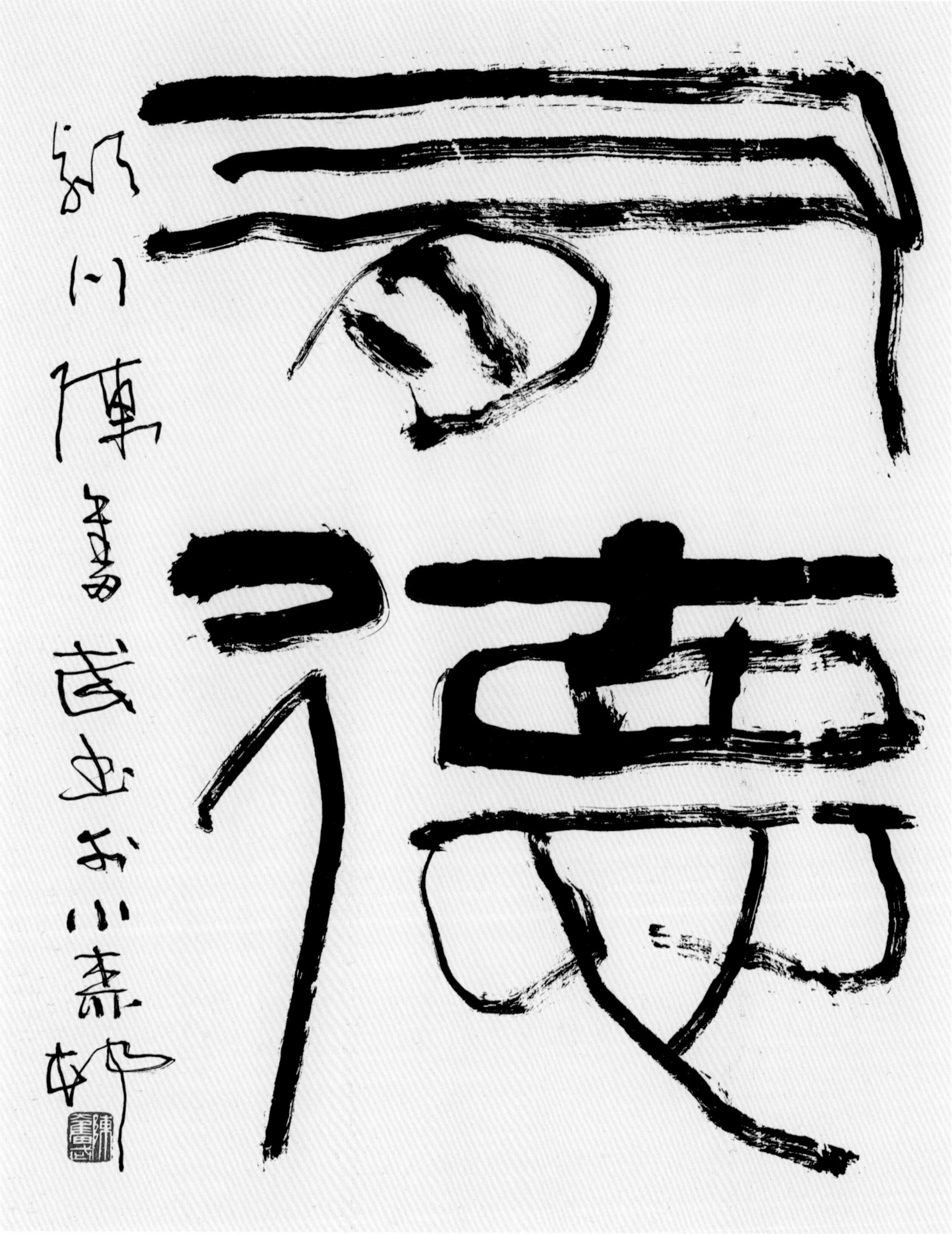

陈奋武　书法　50×40cm

江爱松　山凝紫气鹤凌云　128×64cm

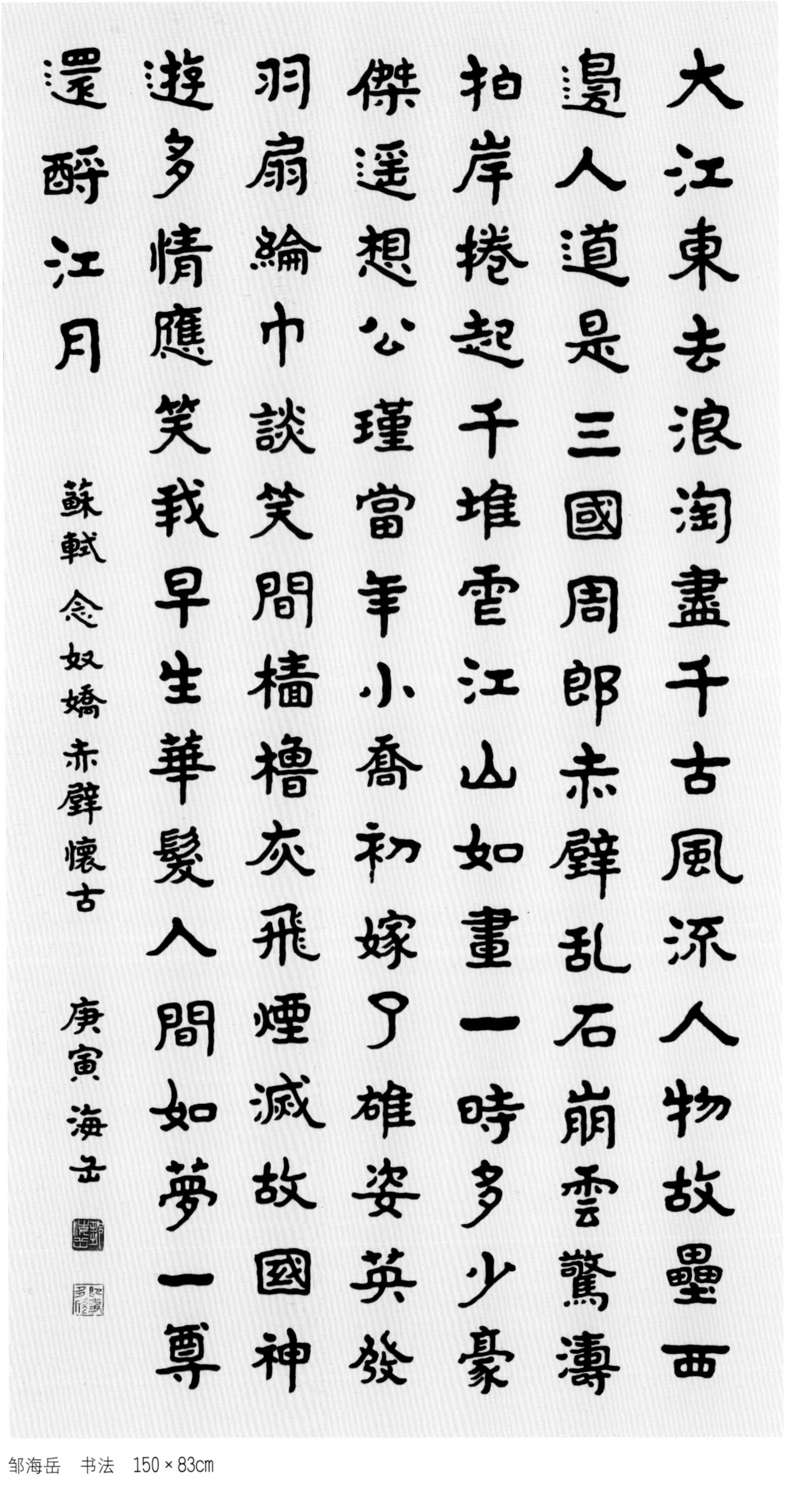
大江東去浪淘盡千古風流人物故壘西
邊人道是三國周郎赤壁乱石崩雲驚濤
拍岸捲起千堆雪江山如畫一時多少豪
傑遥想公瑾當年小喬初嫁了雄姿英發
羽扇綸巾談笑間檣櫓灰飛煙滅故國神
遊多情應笑我早生華髮人間如夢一尊
還酹江月
蘇軾念奴嬌赤壁懷古
庚寅海岳

邹海岳　书法　150×83cm

陈若晖　仁者乐山　128 × 64cm

朱大明　书法　95×35cm

江松　华枝春满 天心月圆　180×97cm

郑济捷　书法　102×59cm

郑修铃　（漆画）憩　80×76cm

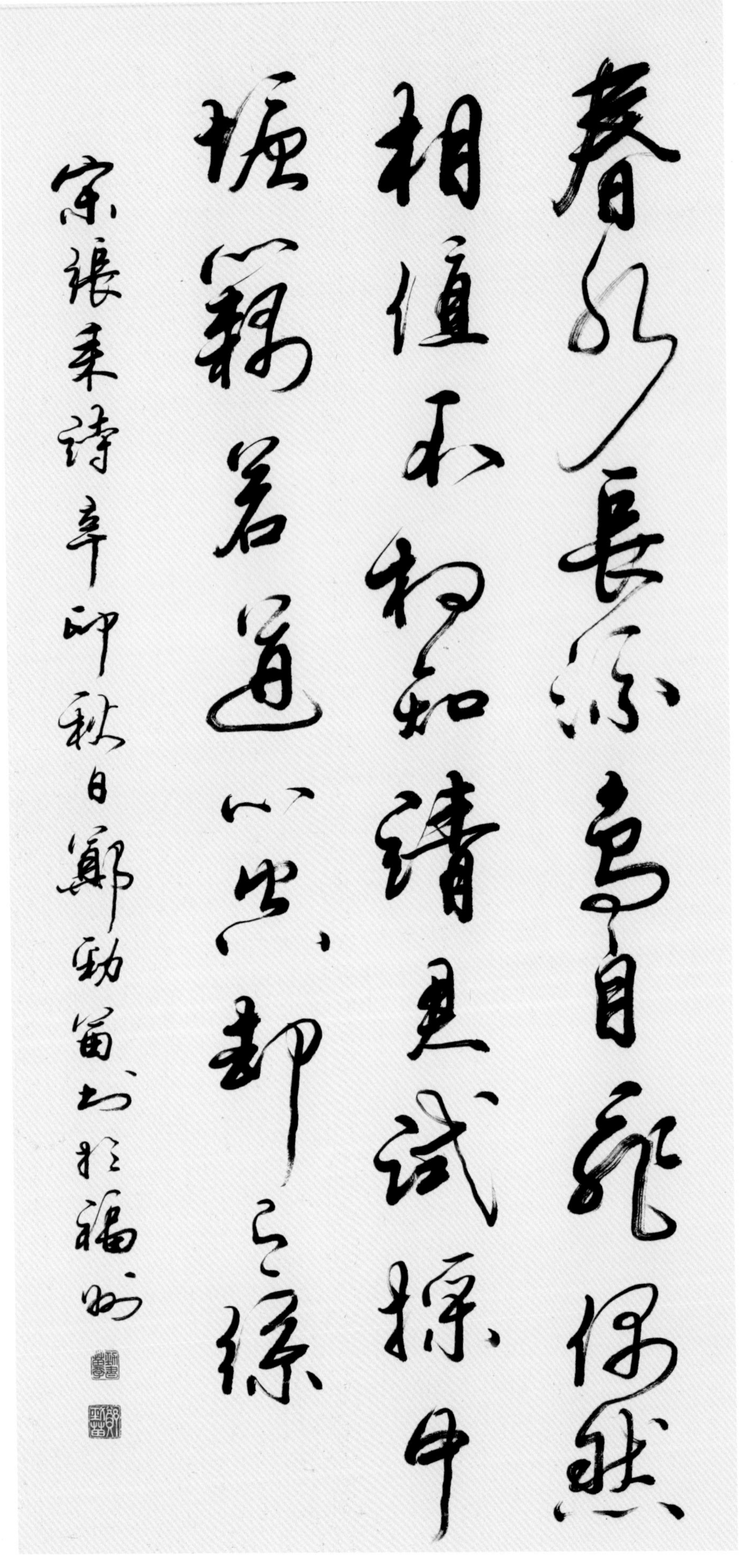
宋張耒詩 辛卯秋日鄭勁苗書於福州

郑劲苗　书法　135 × 64cm

侯国宝　有福家园　217×84cm

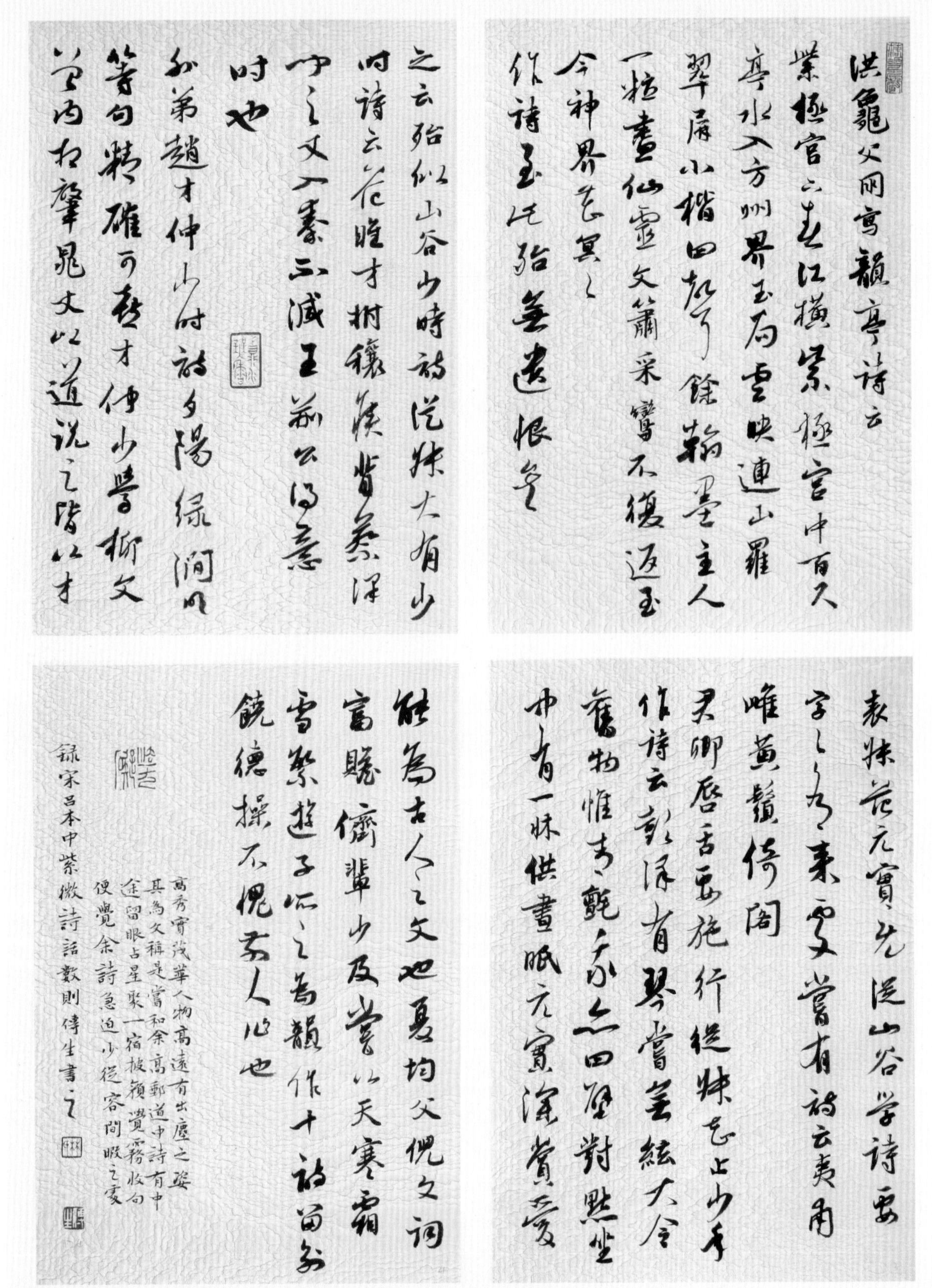
高秀實茂華人物高遠有出塵之姿
其為文稱是嘗和余高郵道中詩有中
途留眼占星聚一宿披顏貫霧收句
便覺余詩急迫少從容閒暇之意
錄宋呂本中紫微詩話數則傳生書之

林传生　书法　35×25cm×4

杨铧祥　小桥流水到前村　113×69cm

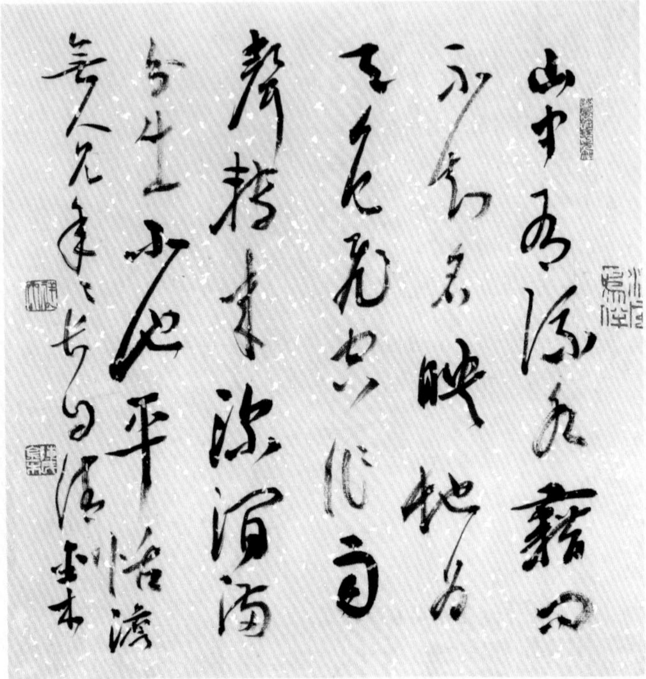

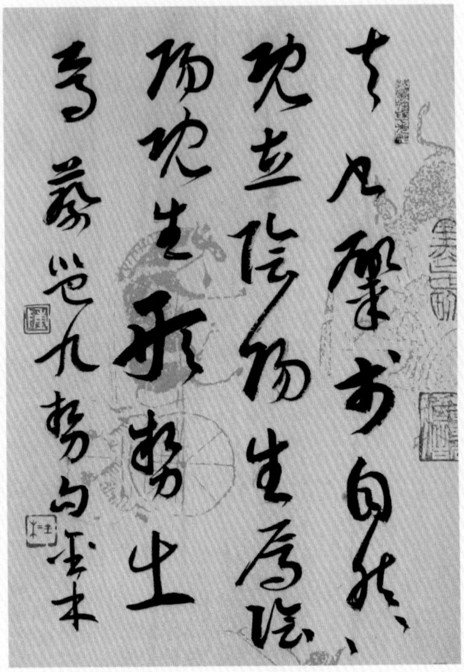

陈金木　书法　34×34cm / 32×22cm

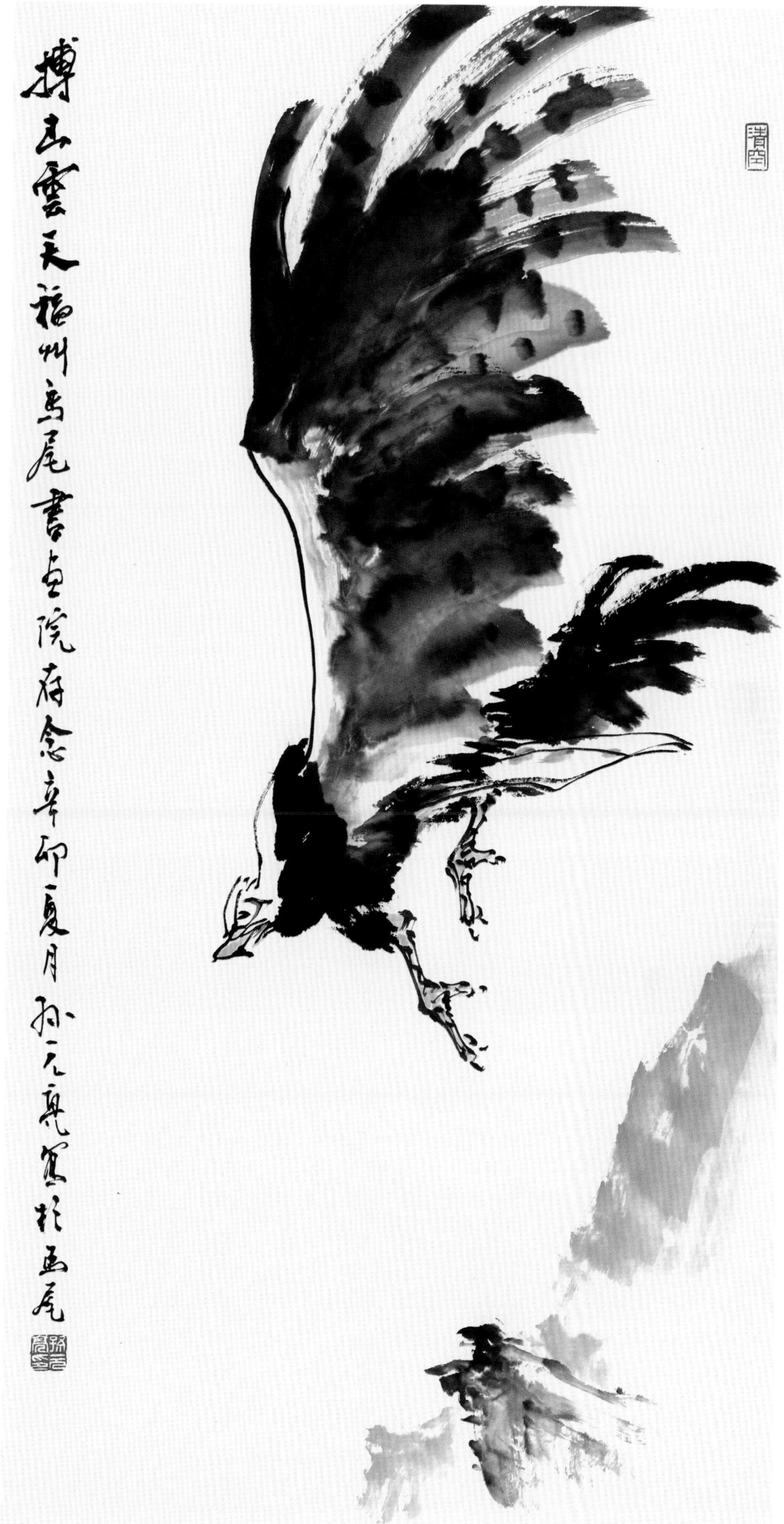
搏击云天 福州马尾书画院存念 辛卯夏月 孙元亮写于马尾

孙元亮　搏击云天　96×50cm

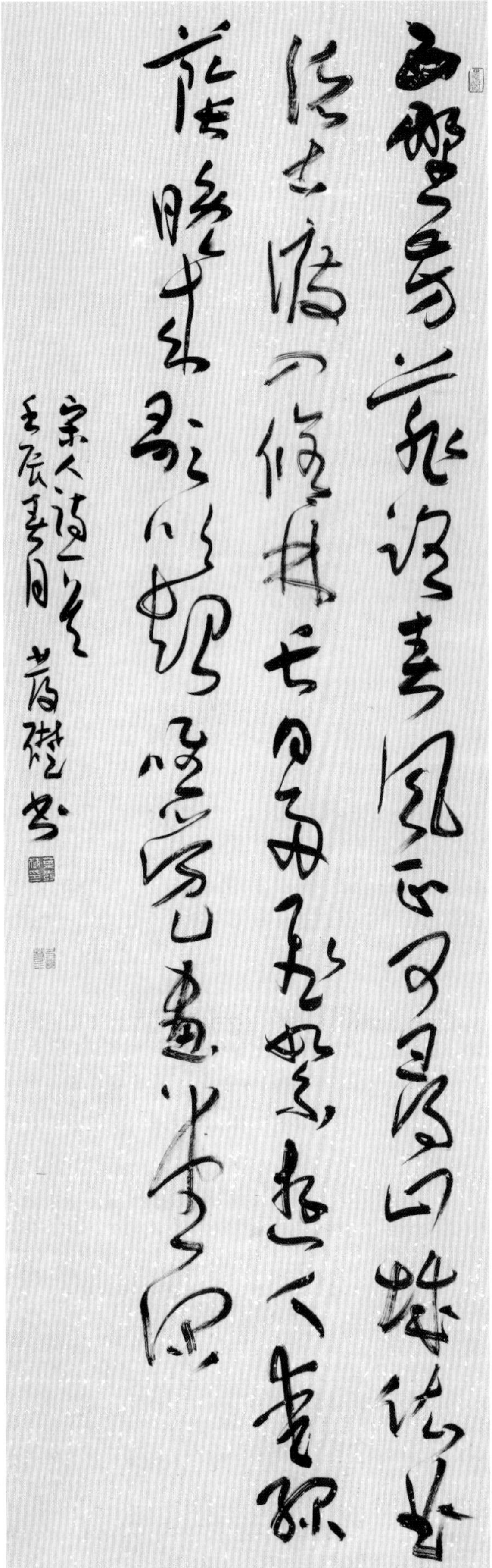

叶发础　书法　177×54cm

方电华　故国春梦　138×68cm

陈虎志　书法　165×36cm

蔡康美　磨溪印象　175×81cm

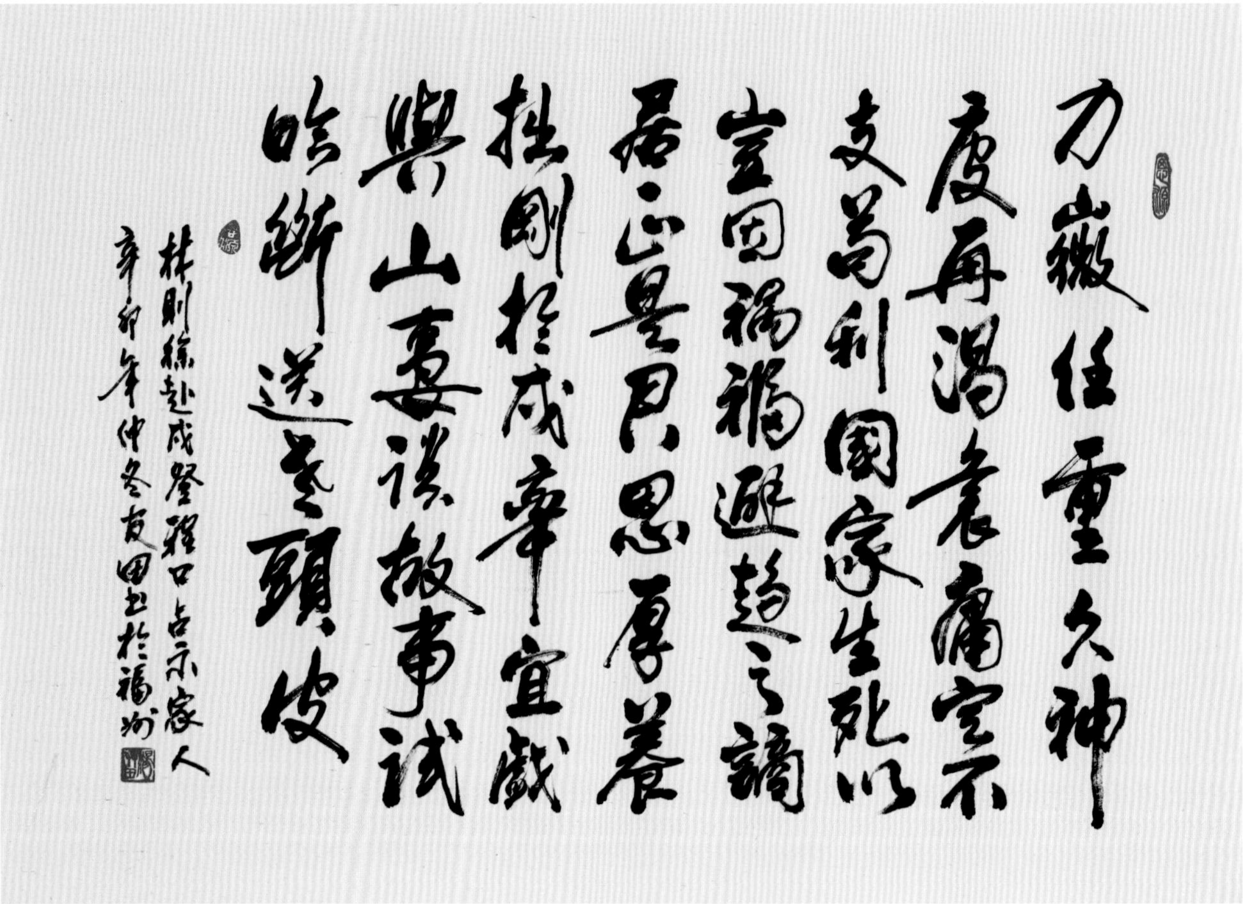
力微任重久神
疲再竭衰庸定不
支苟利國家生死以
豈因禍福避趨之謫
居正是君恩厚養
拙剛於戍卒宜戲
與山妻談故事試
吟斷送老頭皮
林則徐赴戍登程口占示家人
辛卯年仲冬友田书於福州

杨友田　书法　45×69cm

刘君震　皖南春色　70 × 45cm

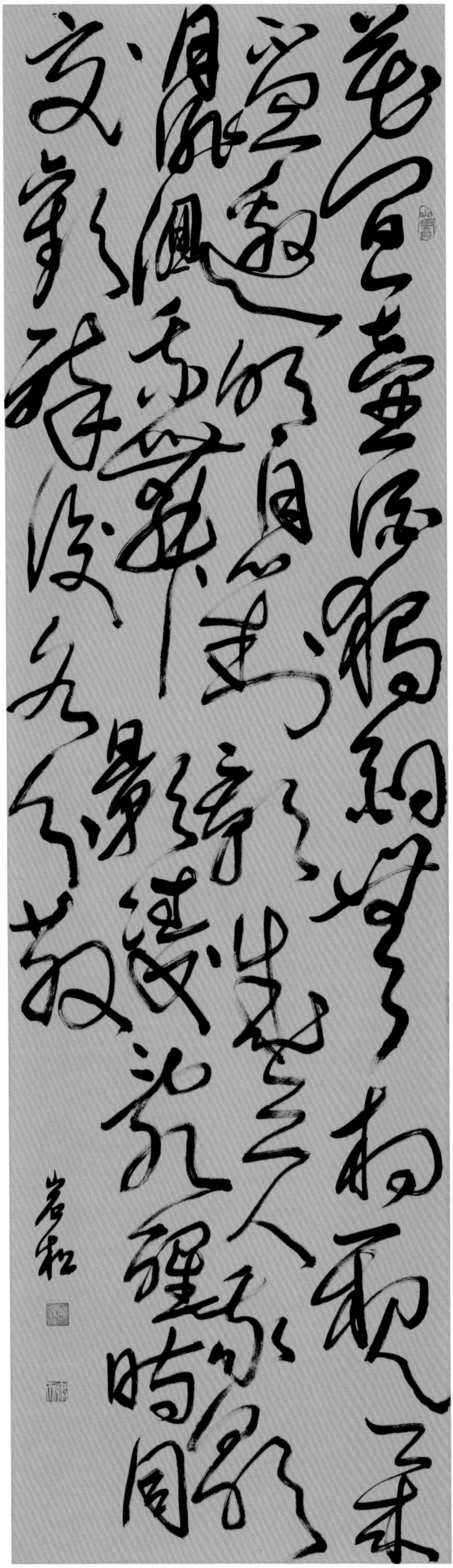

郑岩松　书法　145×41cm

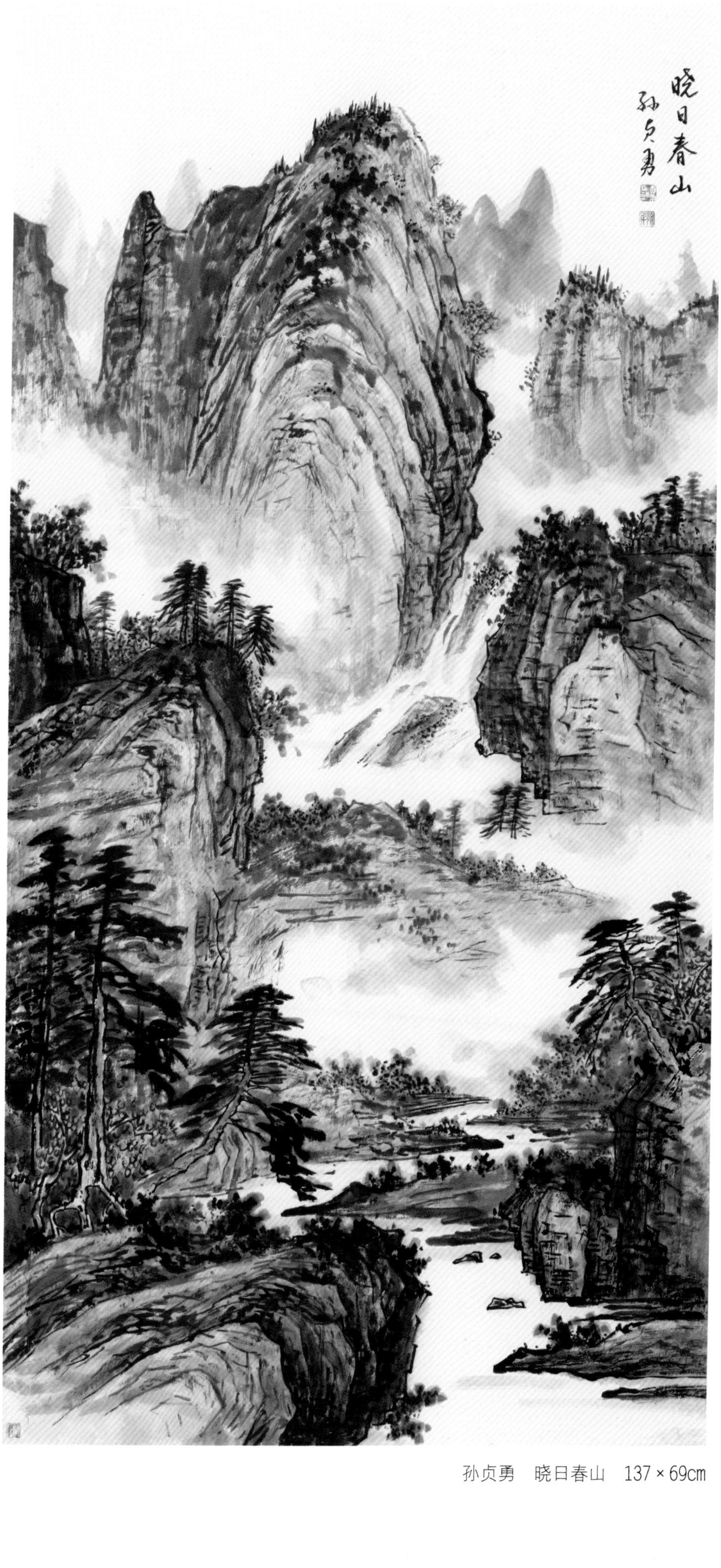

孙贞勇　晓日春山　137 × 69cm

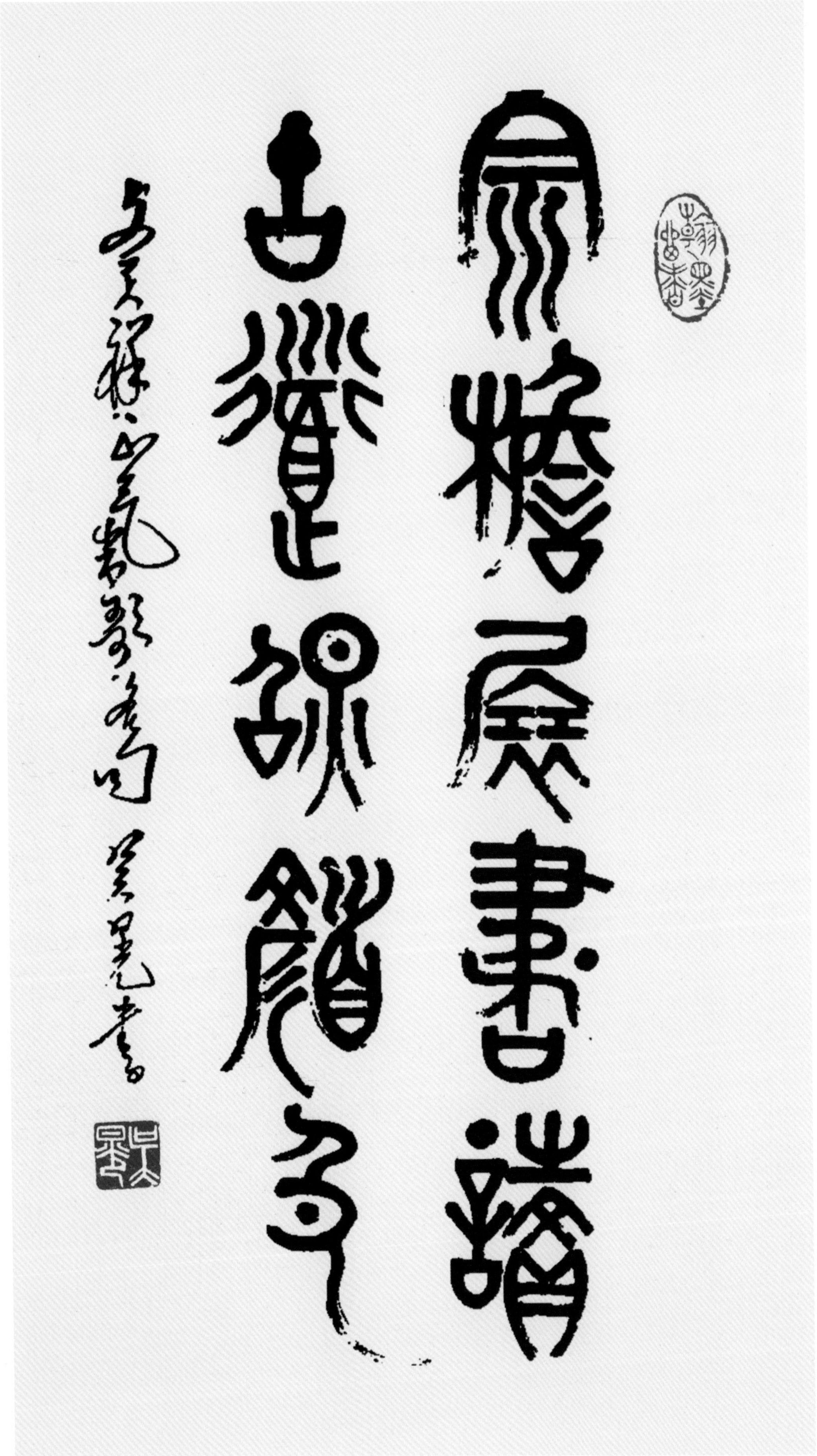

吴晃　书法　130×78cm

译文：风檐展书读，古道照颜色。

江启华　（油画）山村晨曦　100×100cm

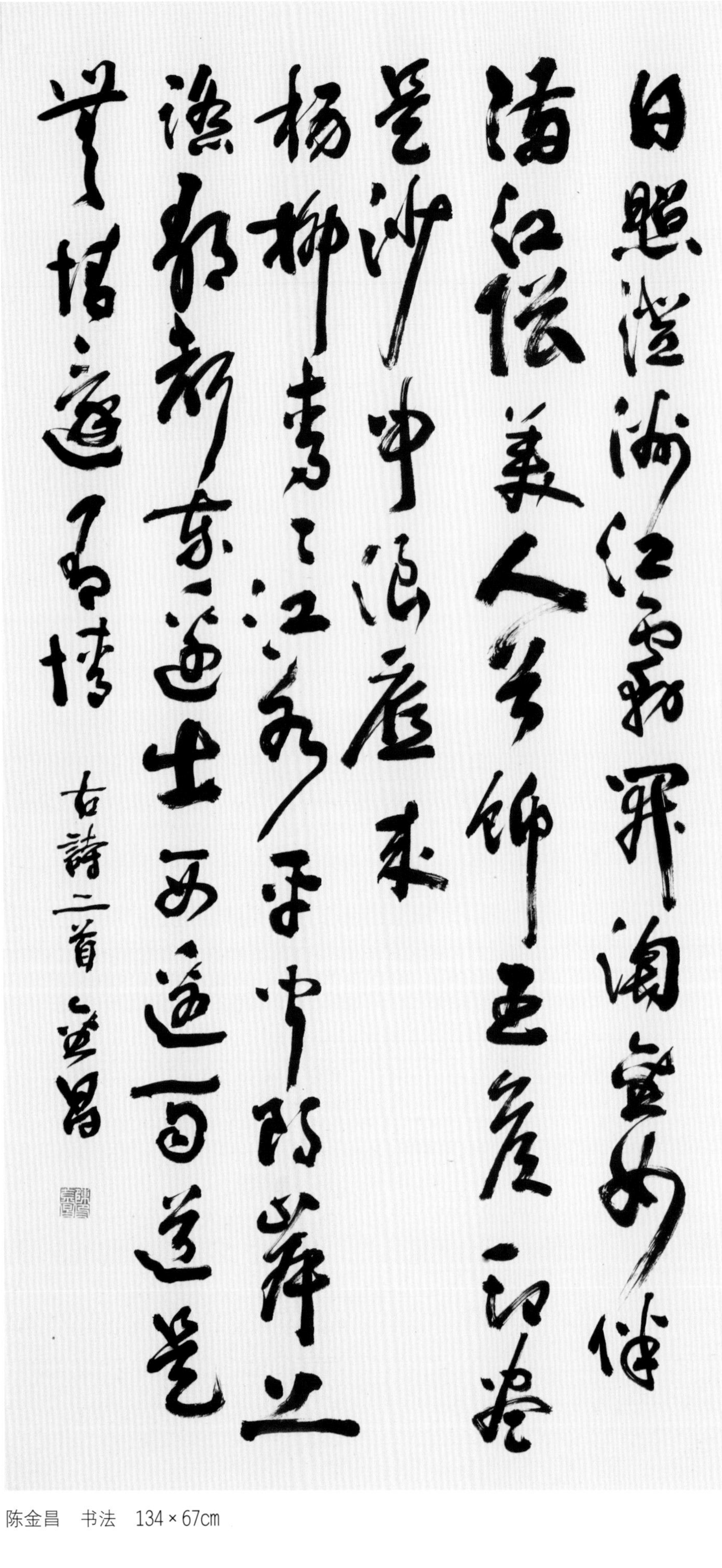

陈金昌 书法 134×67cm

杨铧祥　云里峰姿开锦绣　178×95cm

林斌　书法　179×69cm

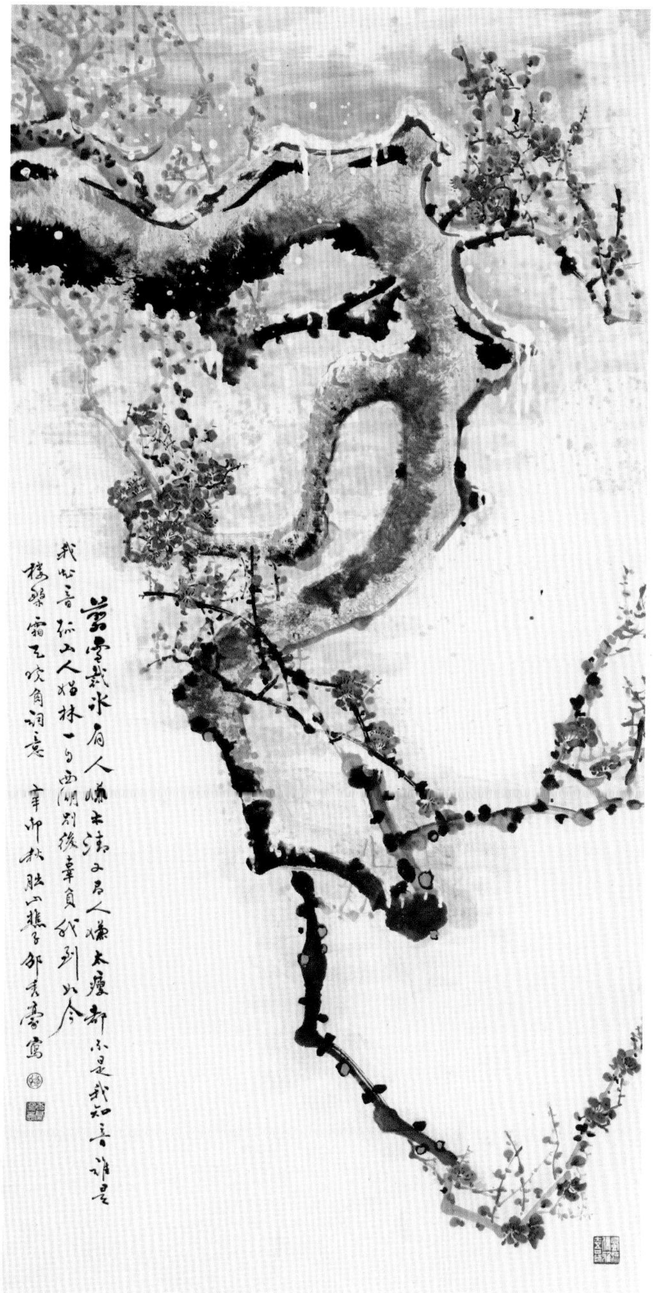

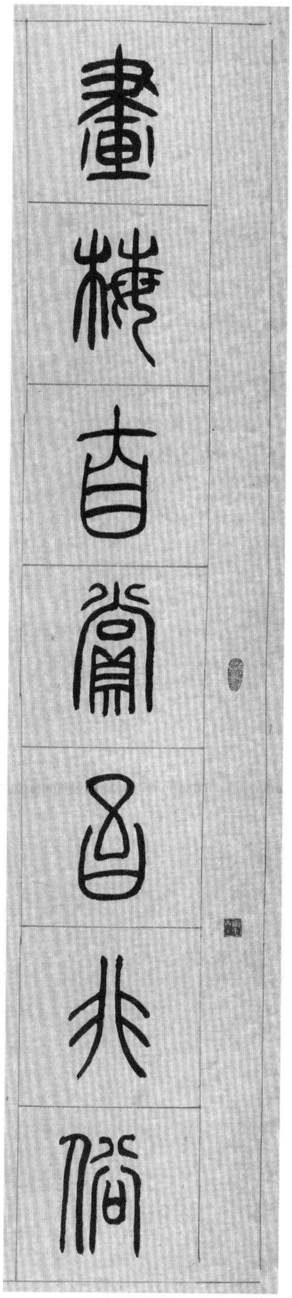

邵秀豪　书法　135×31cm×2　梅花　135×69cm

卢焚　风云谱　138 × 70cm

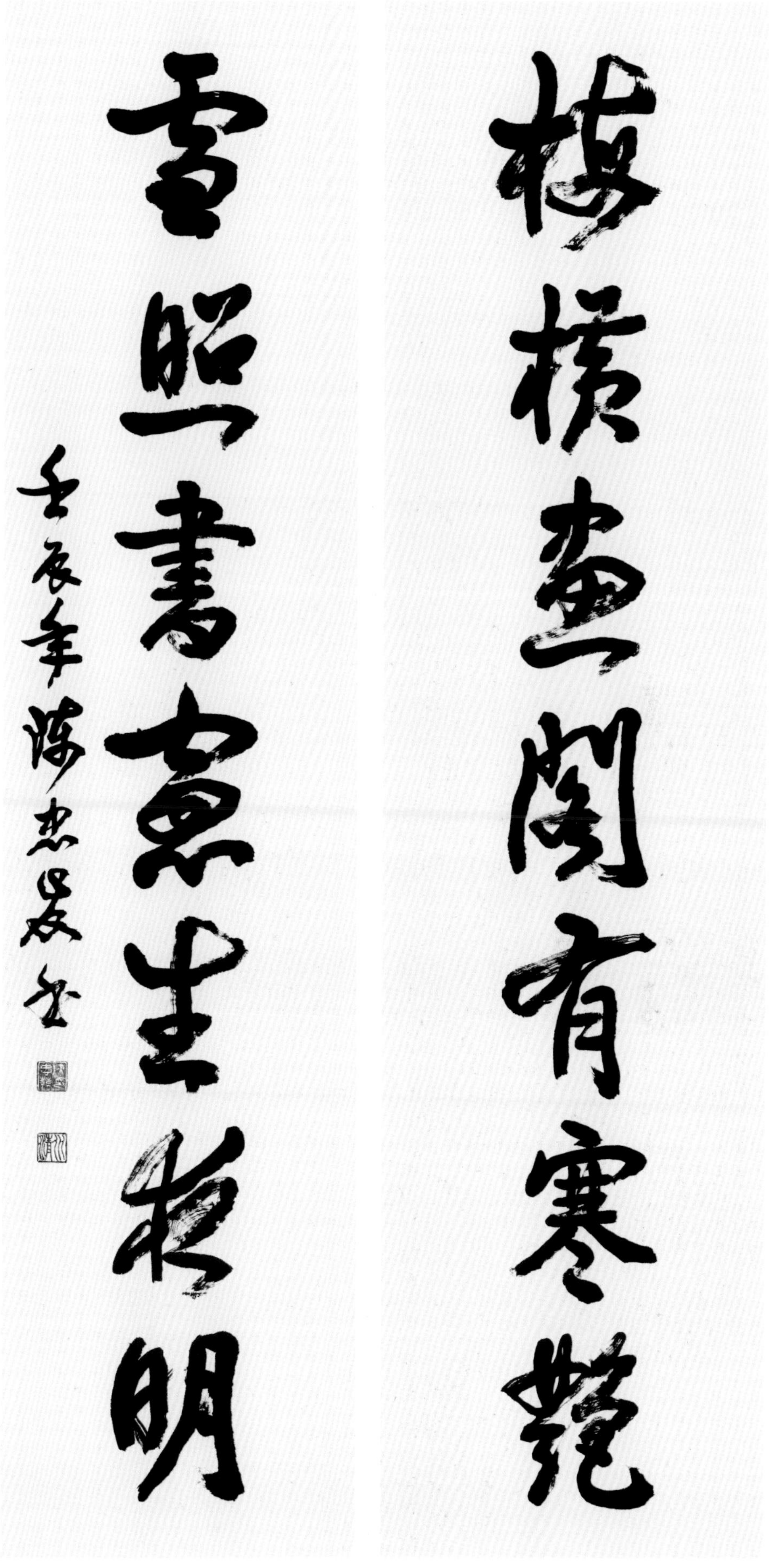

陈忠发　书法　136×35cm×2

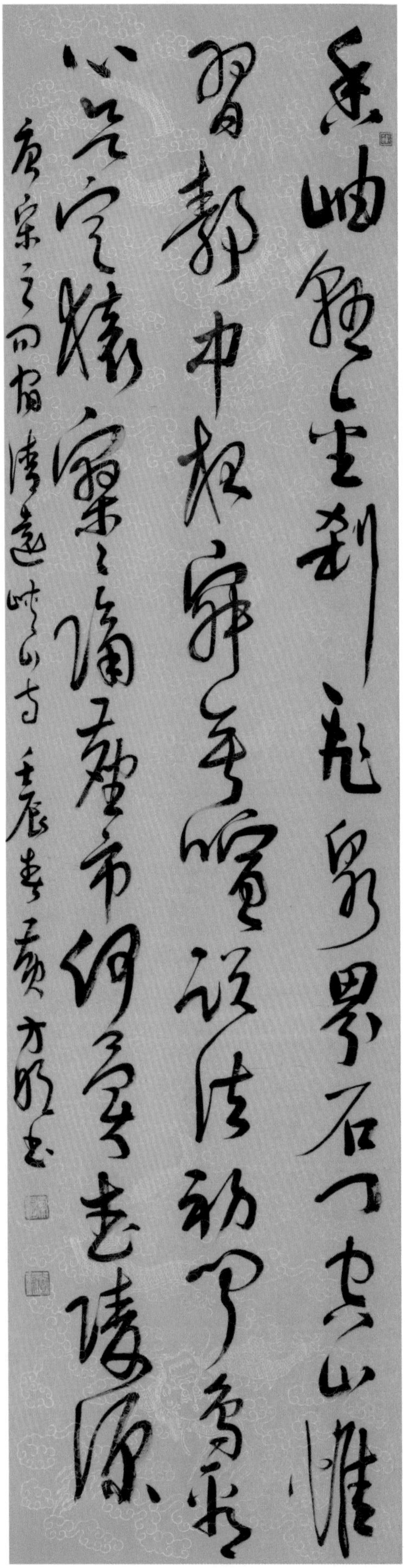

黄方明　书法　178×47cm

傅义为　映日红　138×55cm

孙展文　竞逐乐无穷　68×136cm

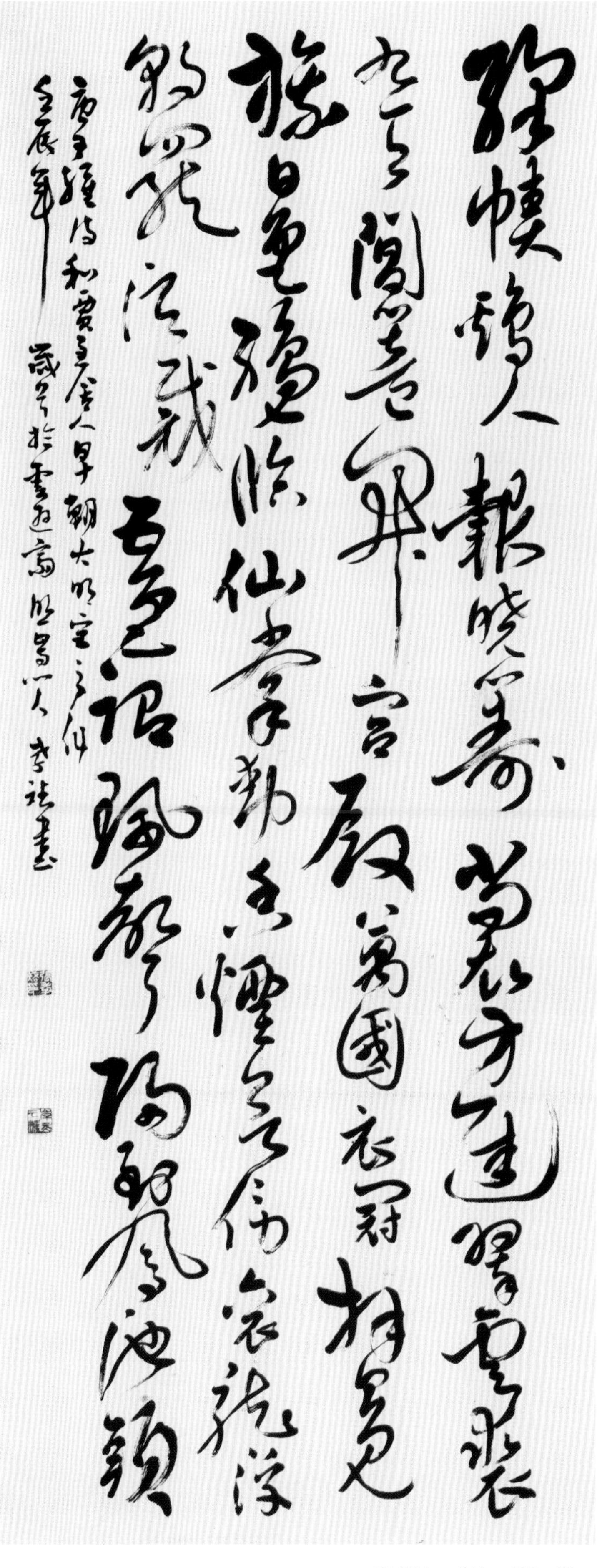

张孝斌　书法　178×71cm

王金磐　书法　178×31cm×2

吴金华　草原牧歌　137×67cm

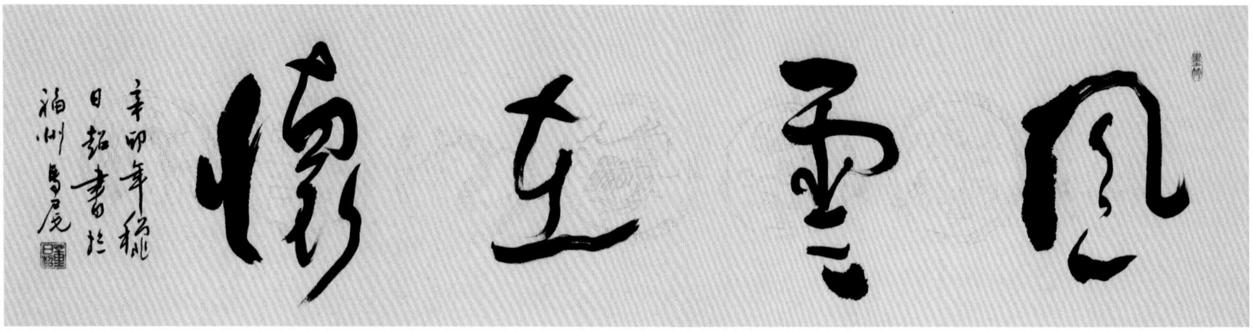

董日超　书法　34×135cm

陈红　神圣祝福　183×95cm

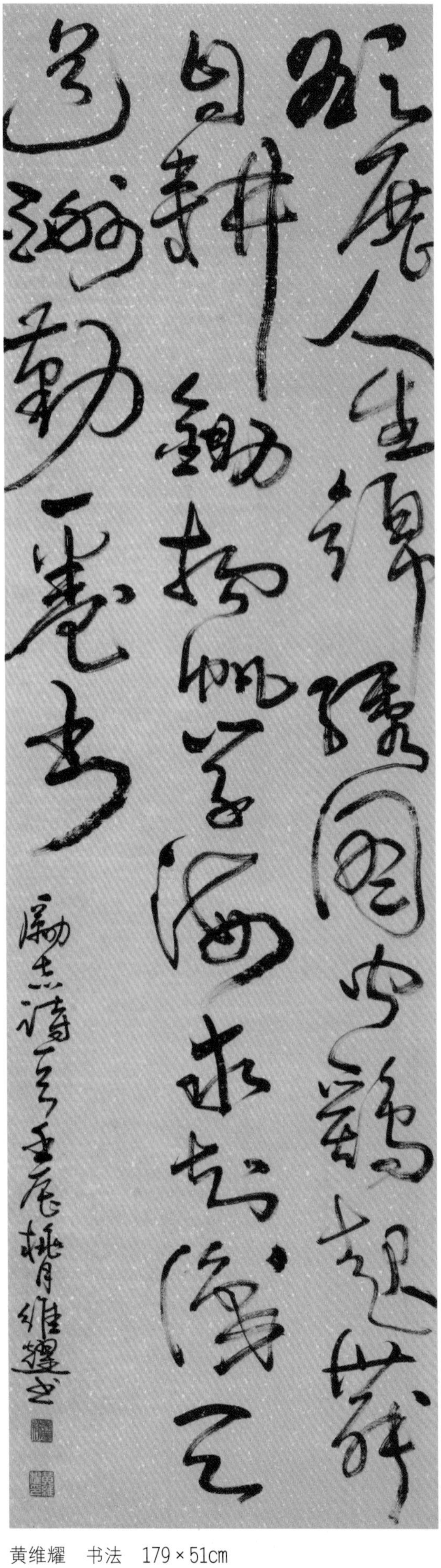

黄维耀　书法　179×51cm

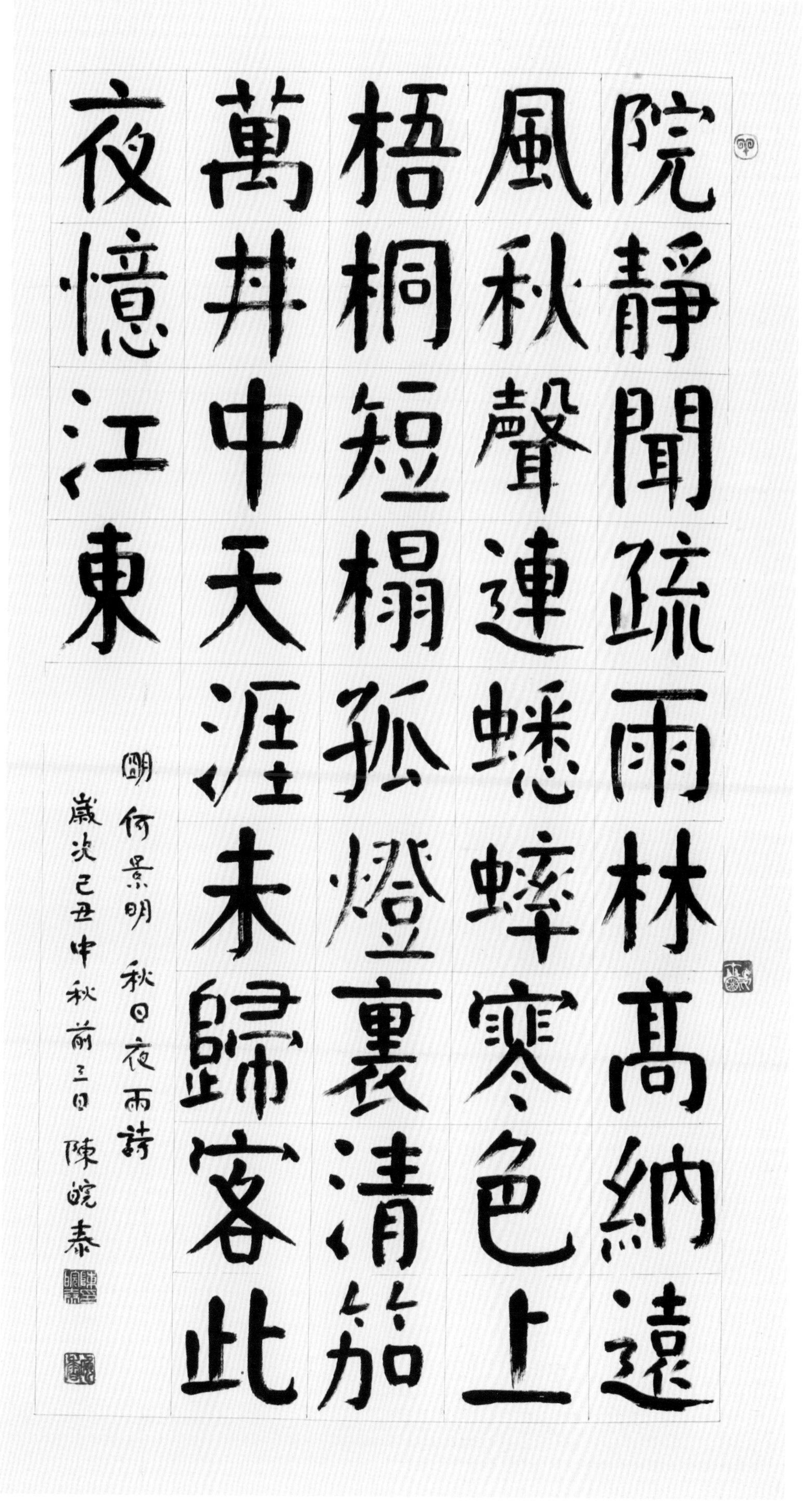
院靜聞疏雨林高納遠
風秋聲連蟋蟀寒色上
梧桐短榻孤燈裏清笳
萬井中天涯未歸客此
夜憶江東
明何景明秋日夜雨詩
歲次己丑中秋前三日 陳皖泰

陈皖泰 书法 130×67cm

黄理新　书法　146 × 47cm

于千　春雨润山乡　67 × 62cm

蔡康美　书法　162×33cm×2

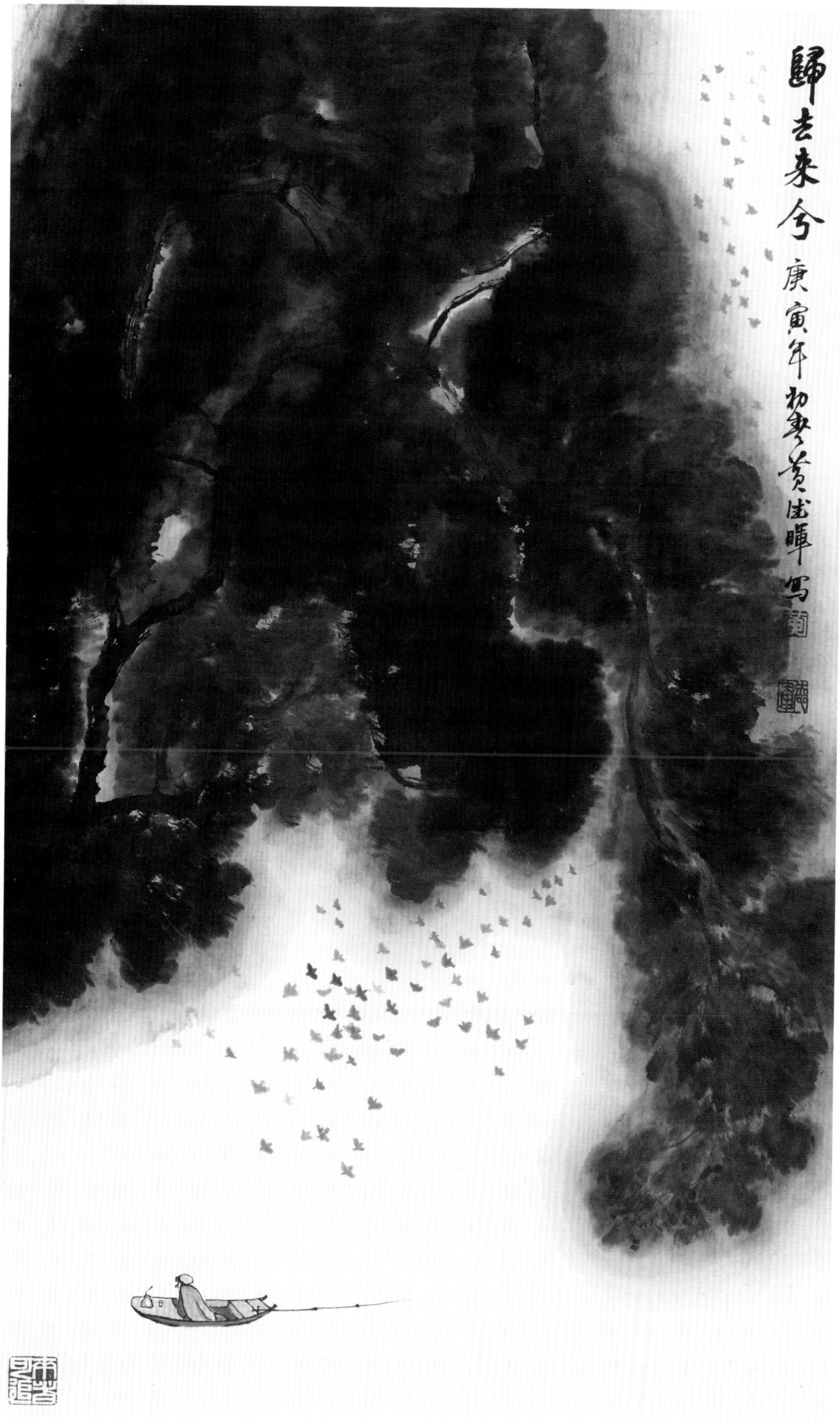

黄德晖　归去来兮　68×42cm

林逸少　书法　141×55cm

许灼纪　清影　133×33cm

薛梦星　书法　131×32cm×2

曾光明　书法　68×135cm

郑琳　烂漫　115×67cm

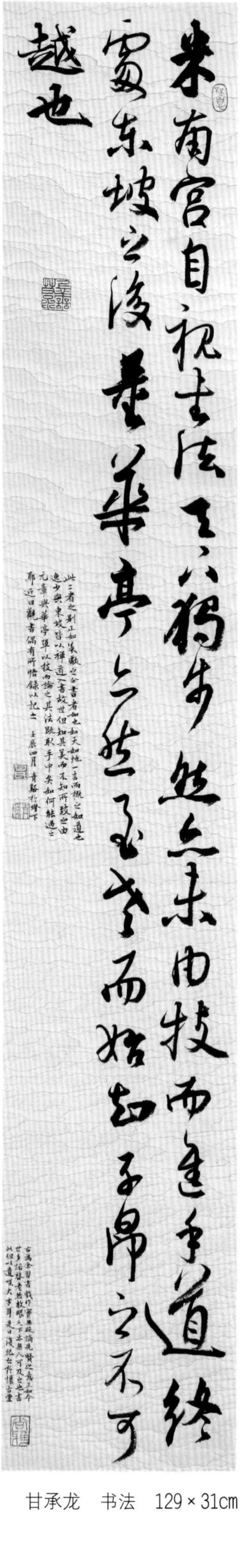

甘承龙　书法　129×31cm

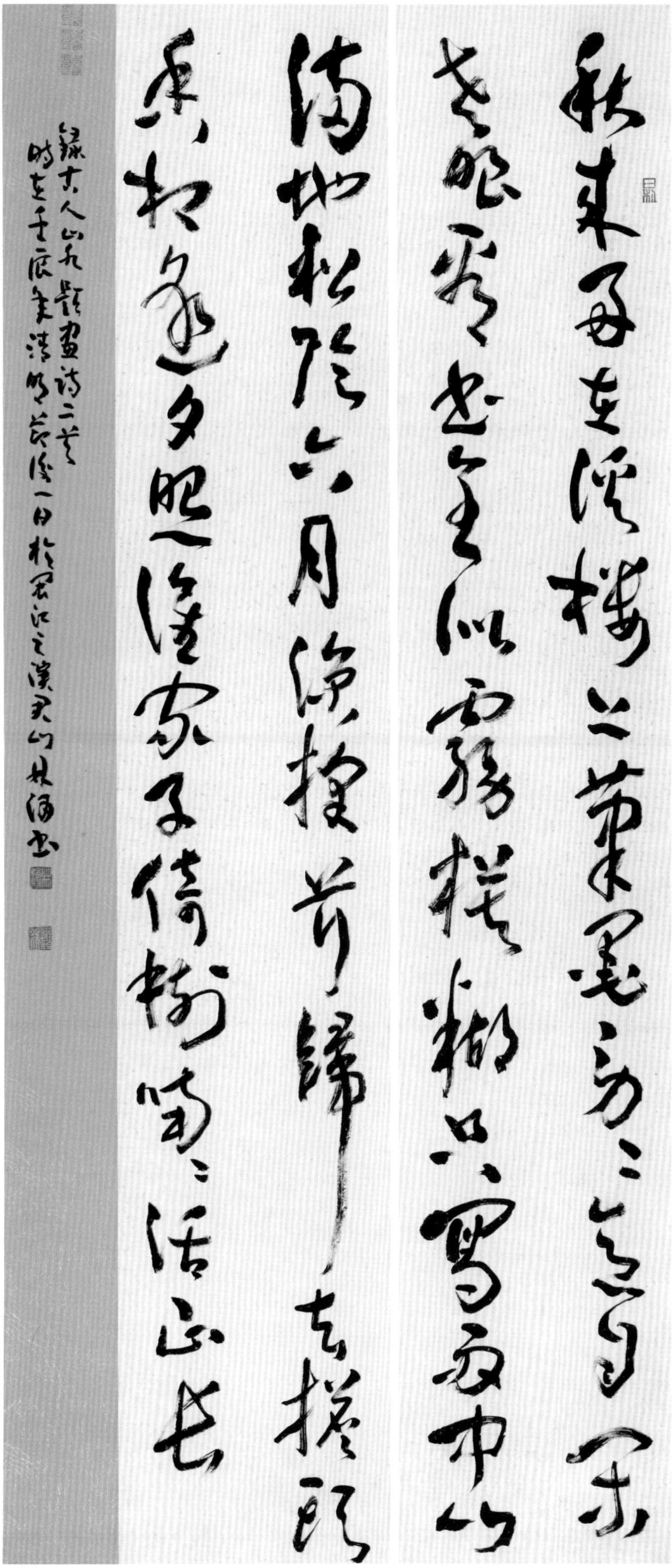

林涌　书法　175 × 75cm

杨舟　迷香　120×60cm

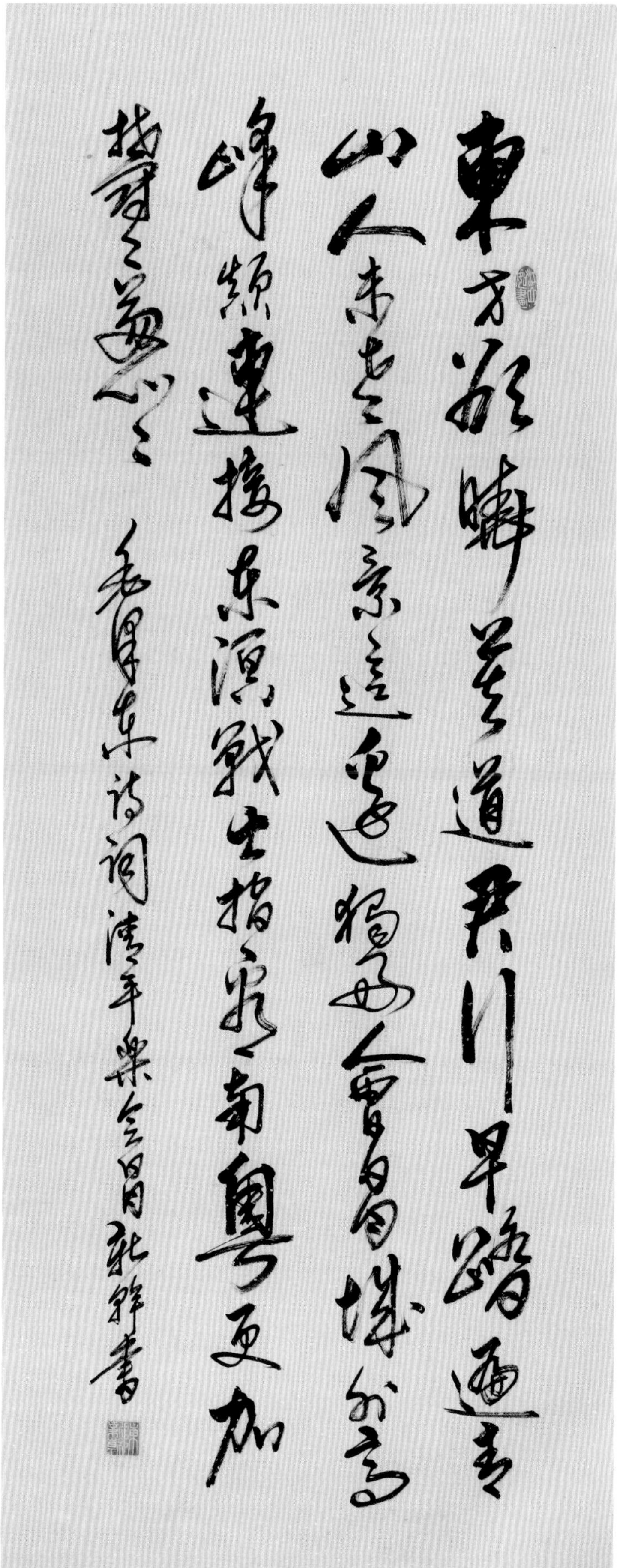

陈新干　书法　139×55cm

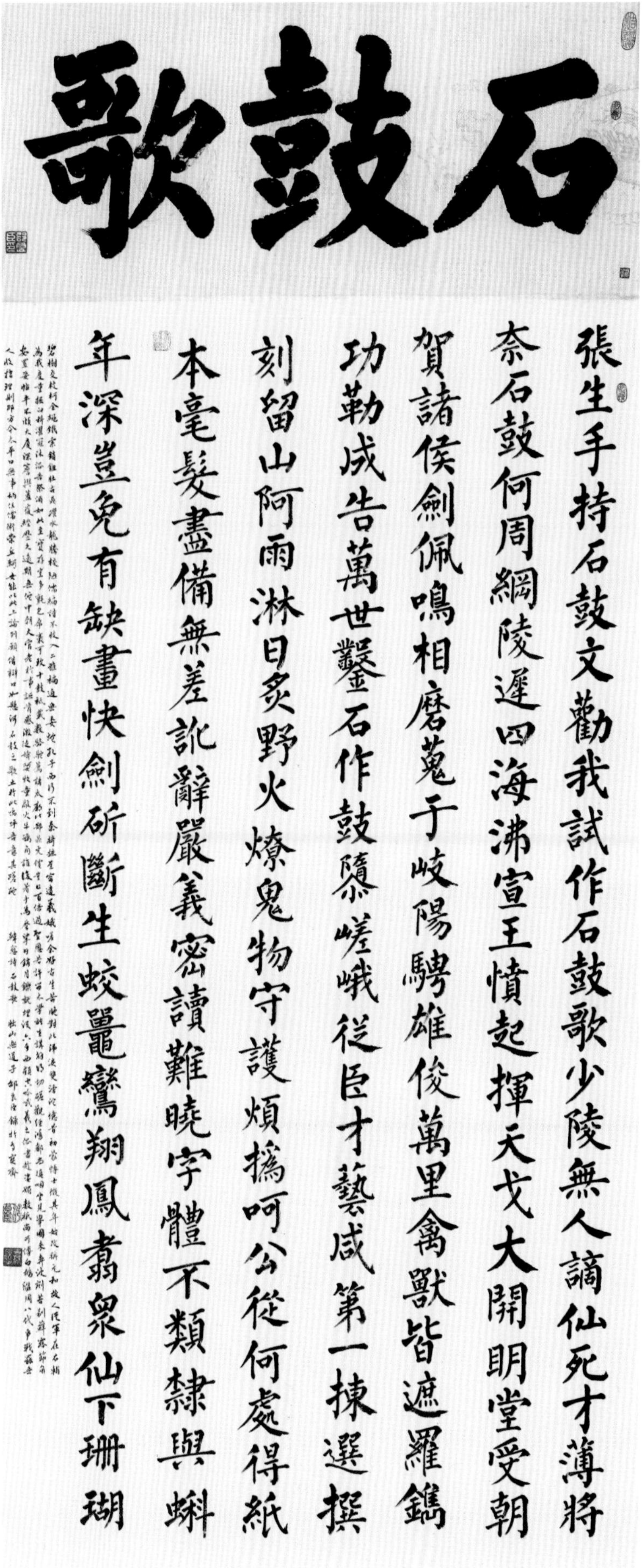
石鼓歌
張生手持石鼓文勸我試作石鼓歌少陵無人謫仙死才薄將
奈石鼓何周綱陵遲四海沸宣王憤起揮天戈大開明堂受朝
賀諸侯劍佩鳴相磨蒐于岐陽騁雄俊萬里禽獸皆遮羅鐫
功勒成告萬世鑿石作鼓隳嵯峨從臣才藝咸第一揀選撰
刻留山阿雨淋日炙野火燎鬼物守護煩撝呵公從何處得紙
本毫髮盡備無差訛辭嚴義密讀難曉字體不類隸與蝌
年深豈免有缺畫快劍斫斷生蛟鼉鸞翔鳳翥衆仙下珊瑚

邵良臣　书法　166×79cm

朱本龙　夜归图　175×93cm

邹海岳　书法　135×33cm×2

刘美寿　书法　132×34cm×2

杨治宇　出水荷花半面妆　174×91cm

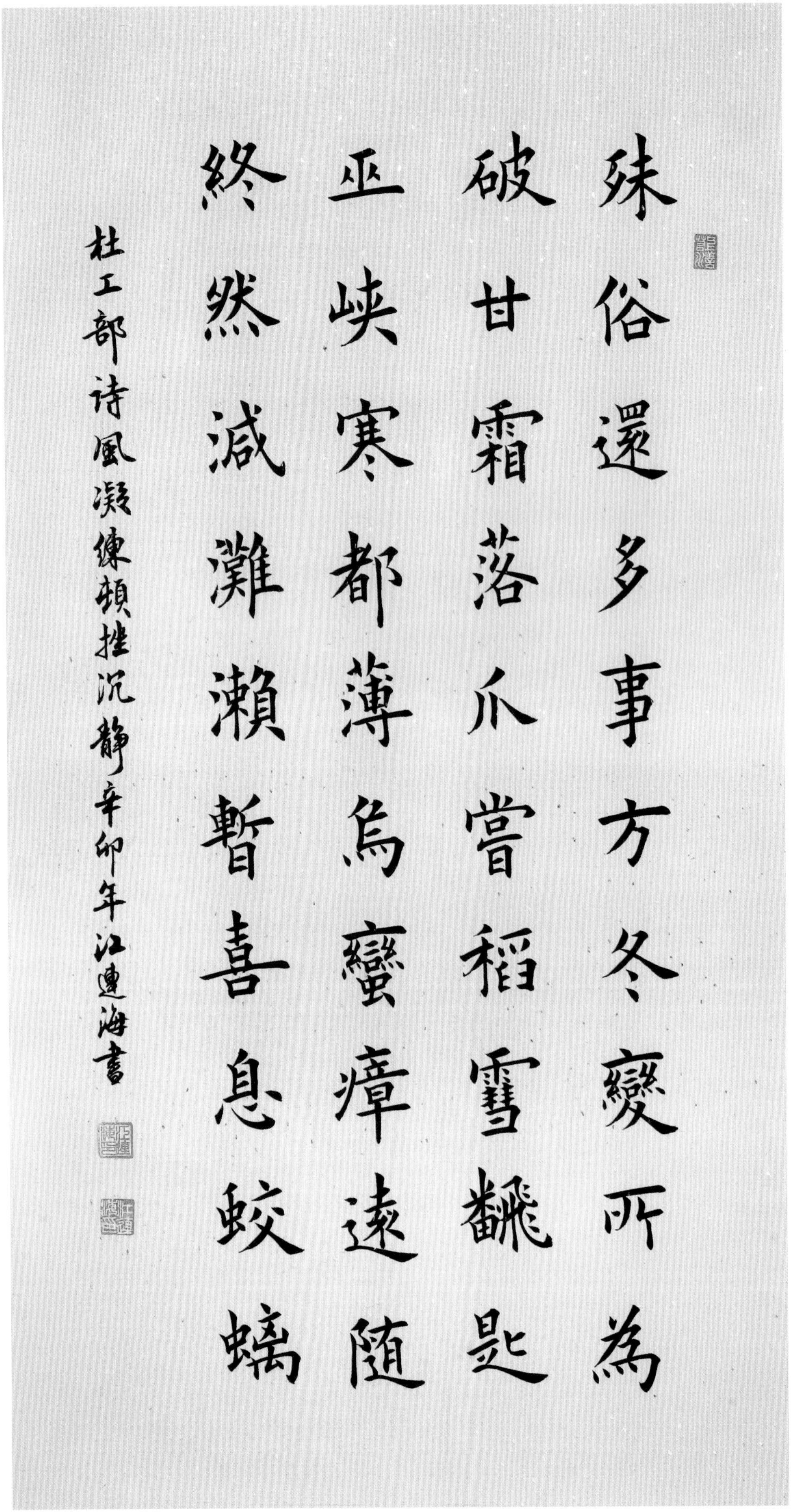
殊俗還多事方冬變所為
破甘霜落爪嘗稻雪飜匙
巫峽寒都薄烏蠻瘴遠隨
終然減灘瀨暫喜息蛟螭
杜工部詩風凝練頓挫沉靜 辛卯年江連海書

江连海　书法　112×60cm

姚兴福　五德图　96×60cm

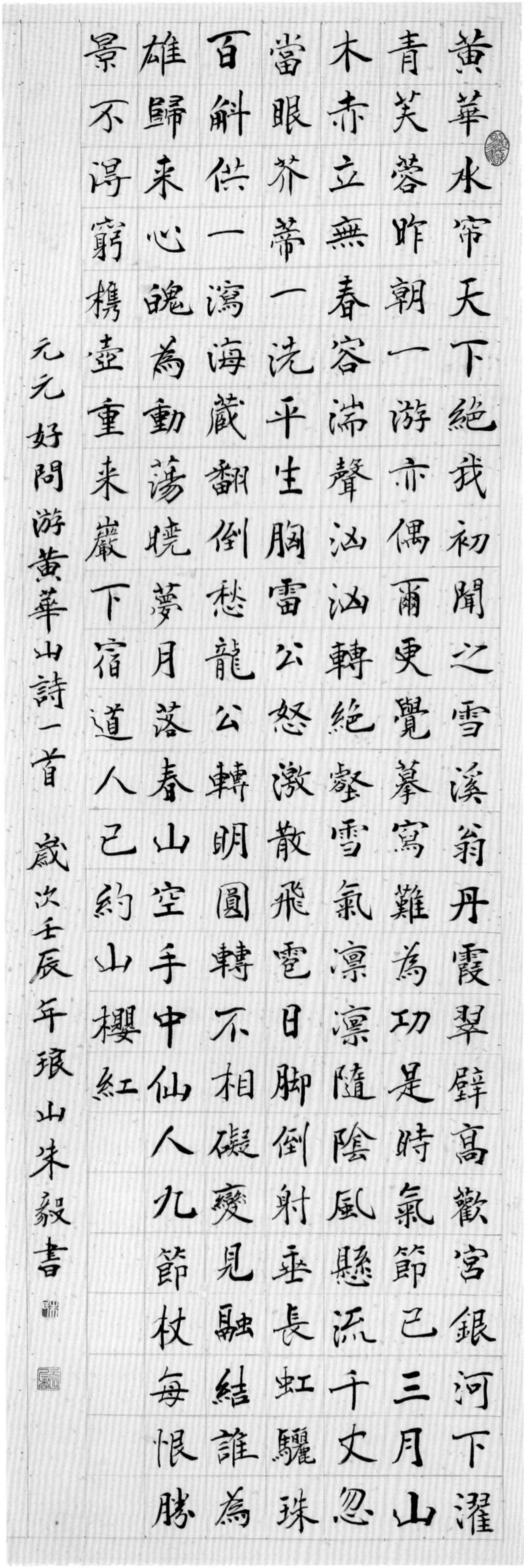
黄華水帘天下絶我初聞之雪溪翁丹霞翠辟高歡宫銀河下濯
青芙蓉昨朝一游亦偶爾更覺摹寫難為功是時氣節已三月山
木赤立無春容湍聲汹汹轉絶壑雪氣凛凛隨陰風懸流千丈忽
當眼芥蔕一洗平生胸雷公怒激散飛雹日脚倒射垂長虹驪珠
百斛供一瀉海藏翻倒愁龍公轉明圓轉不相礙變見融結誰為
雄歸来心魄為動蕩曉夢月落春山空手中仙人九節杖每恨勝
景不淂窮携壺重来巖下宿道人已約山櫻紅
元元好問游黄華山詩一首 歲次壬辰年琅山朱毅書

朱毅　书法　136×46cm

郑学林　鹰　80×63cm

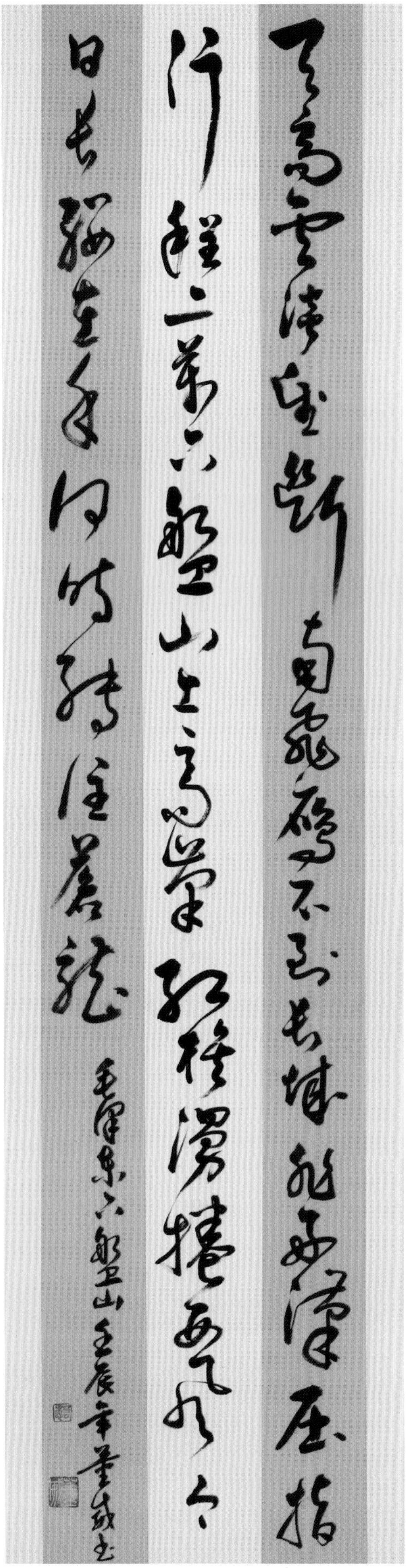

董威　书法　180 × 49cm

大江东去浪淘尽千古风流人物故垒西边
人道是三国周郎赤壁乱石穿空惊涛
拍岸卷起千堆雪江山如画一时多少豪
杰遥想公瑾当年小乔初嫁了雄姿英发
羽扇纶巾谈笑间樯橹灰飞烟灭故国
神游多情应笑我早生华发人生如梦
一樽还酹江月
苏轼赤壁怀古 壬辰春大明书

朱大明　书法　177×94cm

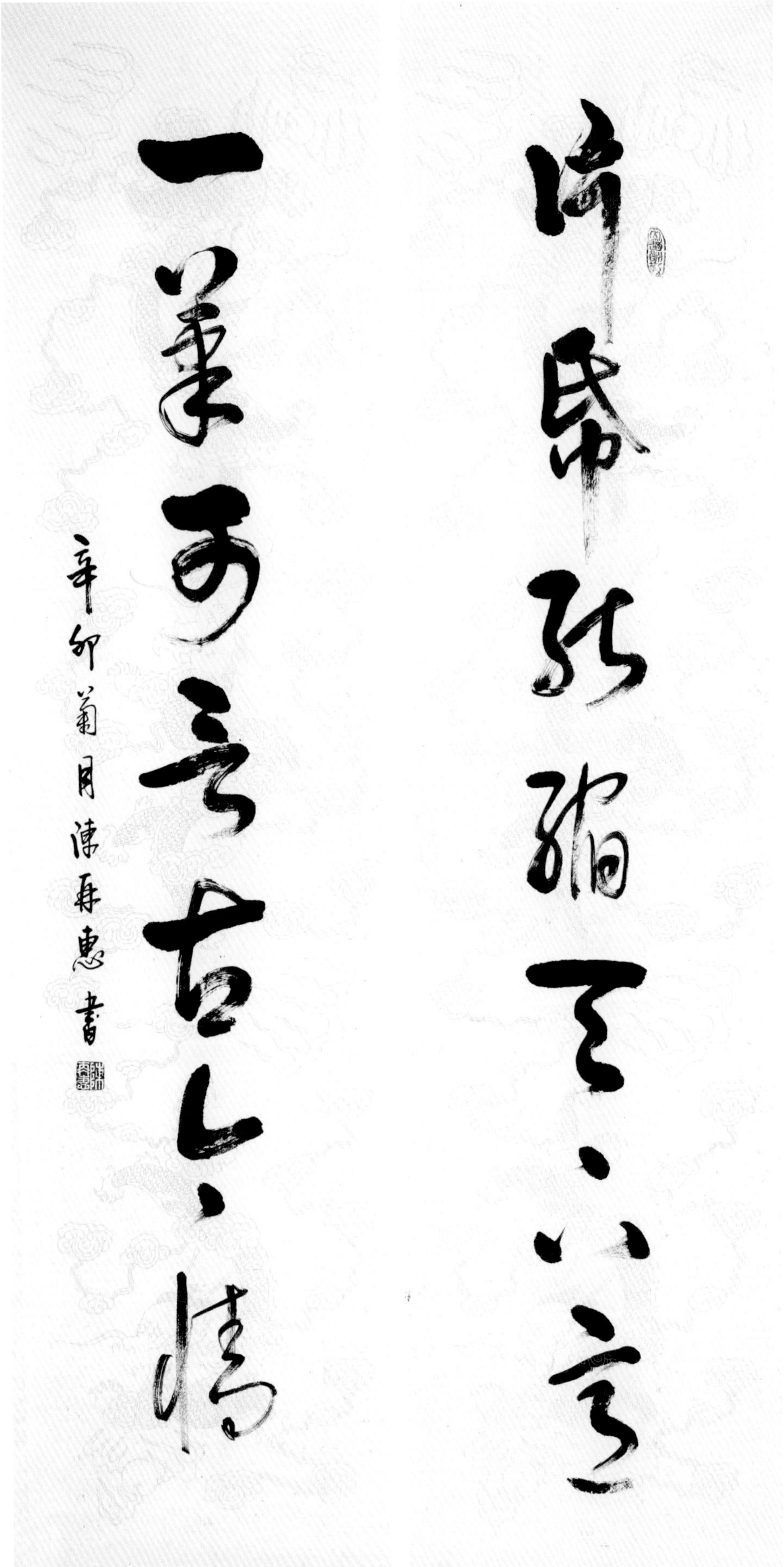

陈再惠　书法　138×35cm×2

毕竟西湖六月中風光不與肆時同接天蓮葉無窮碧映日荷花別樣紅辛卯年夏畫於榕羅星塔呂安明

吕安明　映日荷花别样红　82×55cm

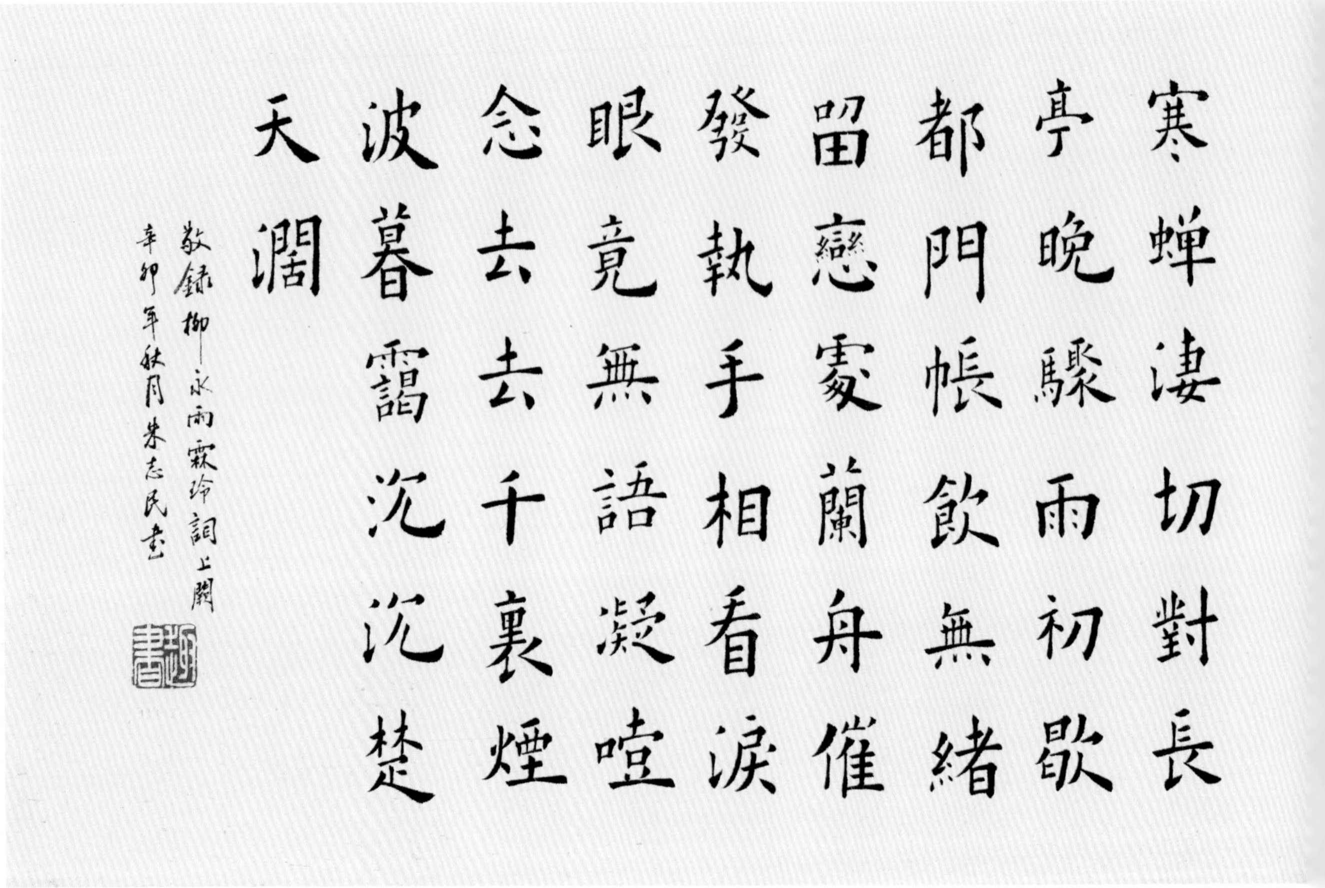
寒蟬凄切對長
亭晚驟雨初歇
都門帳飲無緒
留戀處蘭舟催
發執手相看淚
眼竟無語凝噎
念去去千裏煙
波暮靄沉沉楚
天濶
敬錄柳永雨霖鈴詞上闋
辛卯年秋月朱志民書

朱志民　书法　45×63cm

邹兢　好鸟枝头亦朋友　66×60cm

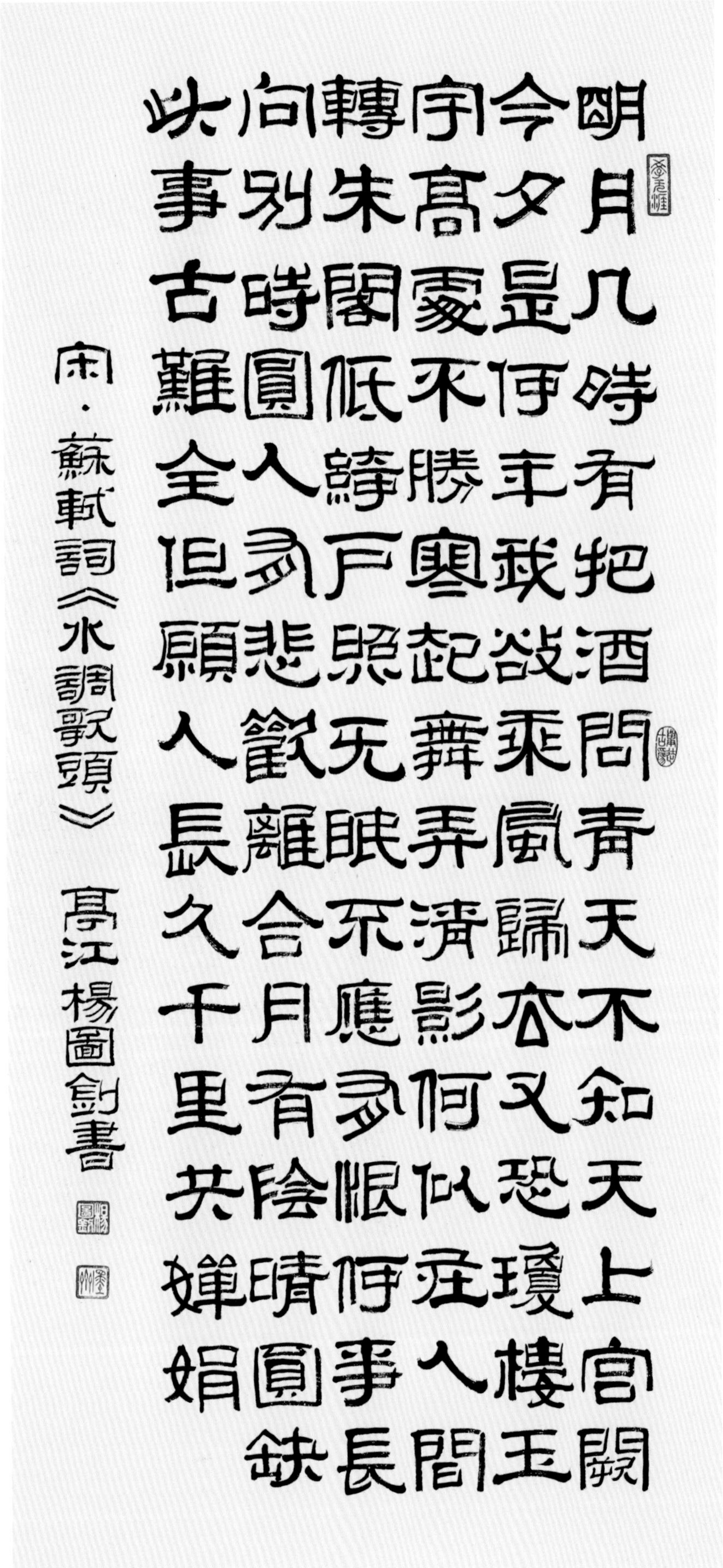
明月几時有把酒問青天不知天上宮闕
今夕是何年我欲乘風歸去又恐瓊樓玉
宇高處不勝寒起舞弄清影何似在人間
轉朱閣低綺戶照無眠不應有恨何事長
向別時圓人有悲歡離合月有陰晴圓缺
此事古難全但願人長久千里共嬋娟
宋·蘇軾詞《水調歌頭》
亭江楊圖釗書

杨图钊　书法　139×70cm

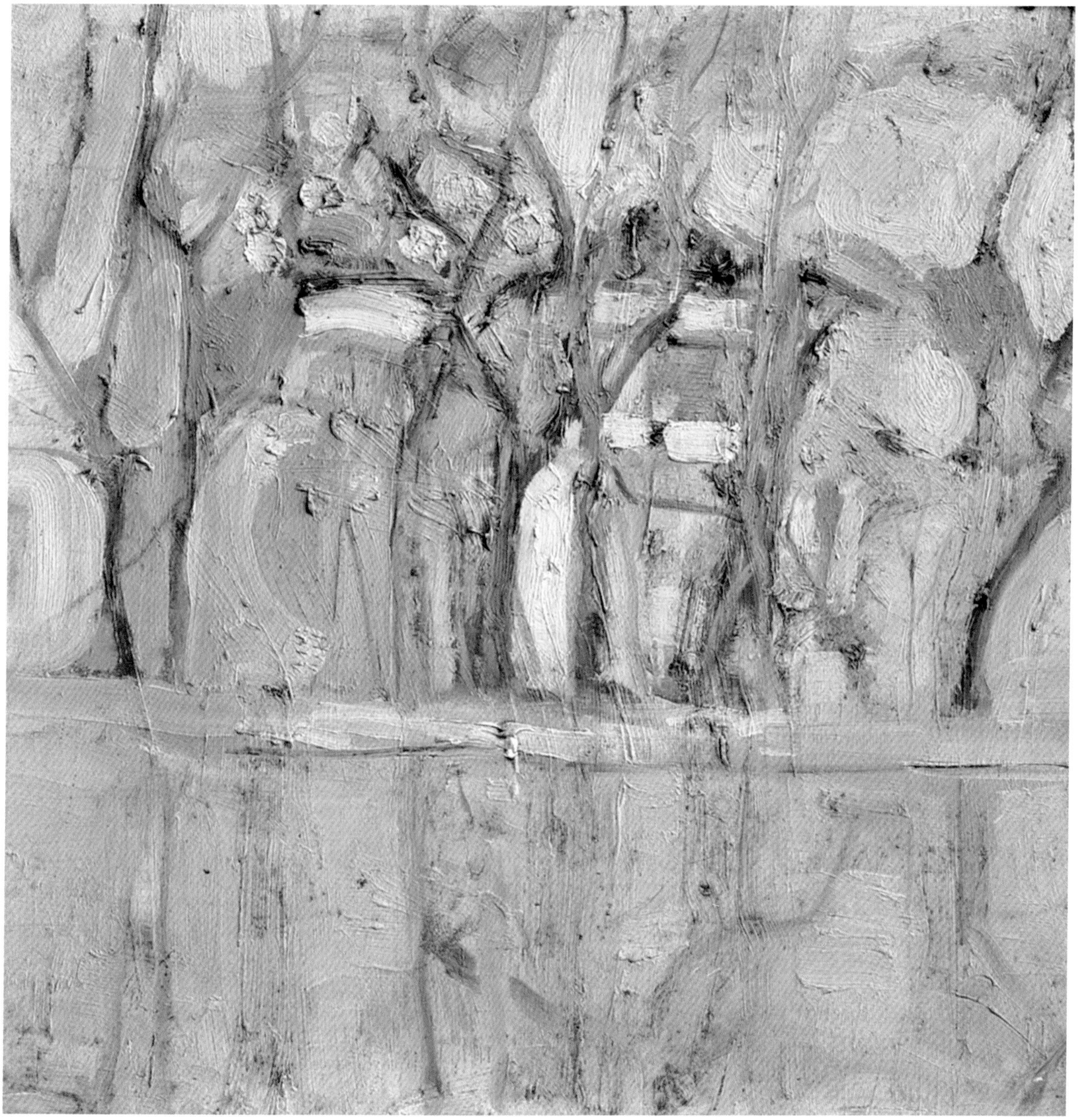

刘雅慧 （油画）清凉的风 60×50cm

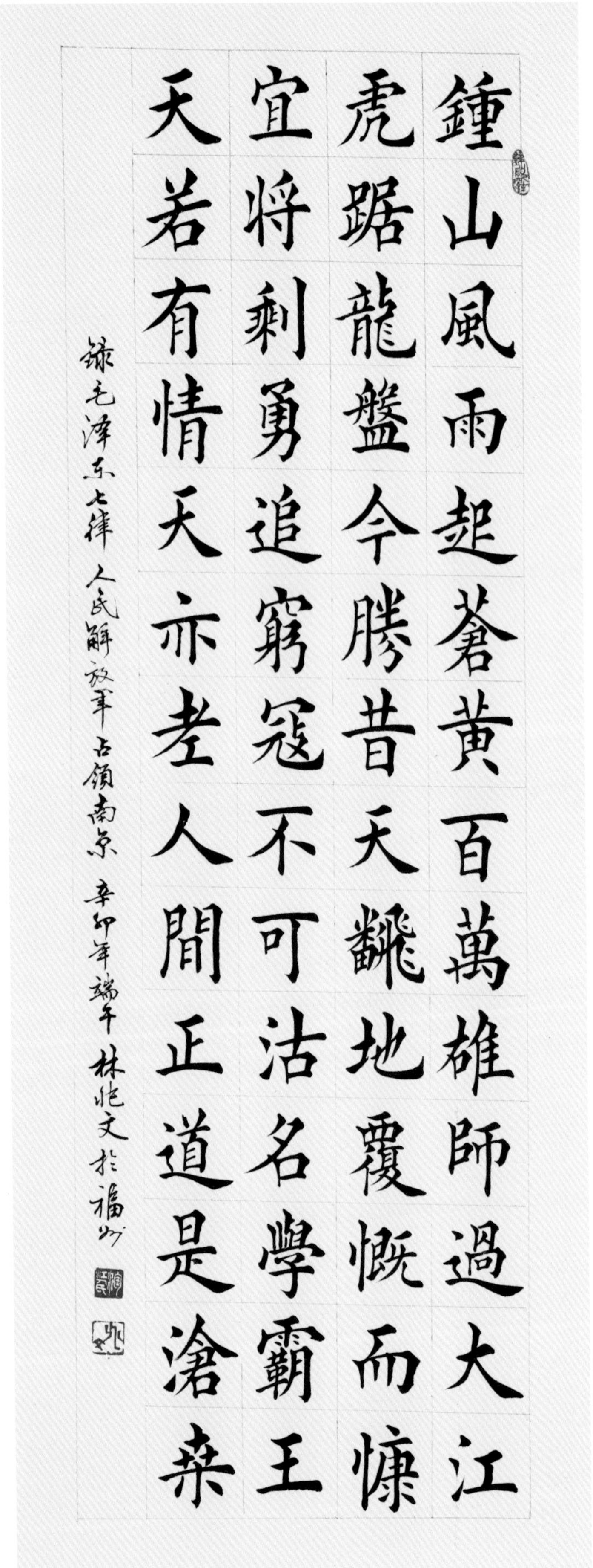
鍾山風雨起蒼黃
百萬雄師過大江
虎踞龍盤今勝昔
天飜地覆慨而慷
宜将剩勇追窮寇
不可沽名學霸王
天若有情天亦老
人間正道是滄桑
錄毛澤東七律 人民解放軍占領南京 辛卯年端午 林兆文於福州

林兆文　书法　137 × 51cm

方坚　篆刻　63×80cm

凌艺文　山水　100×61cm

郑济捷　书法　148×68cm

傅义为　天香一品　100×60cm

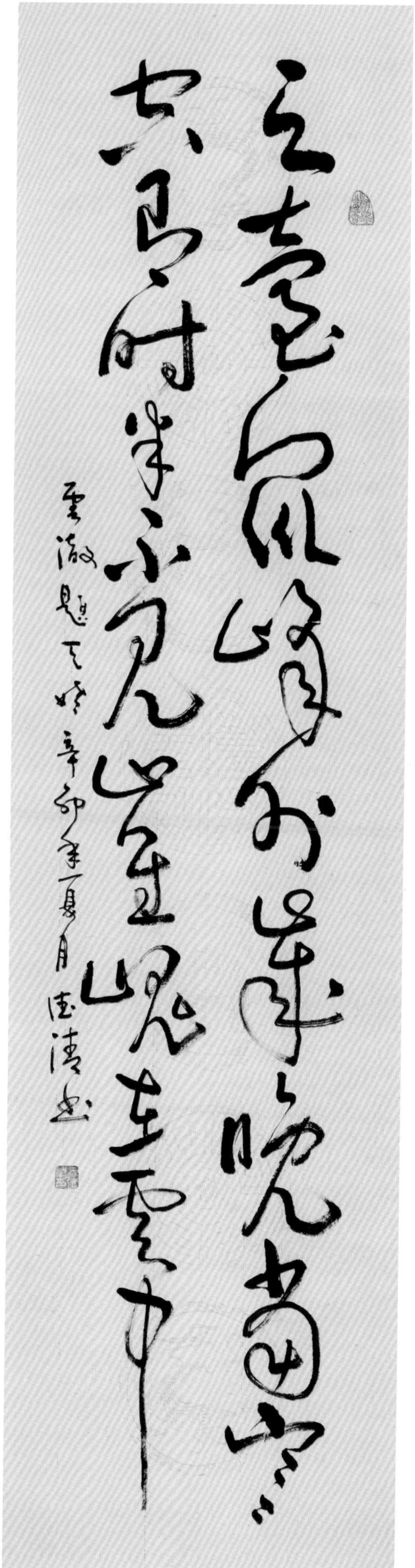

方德清　书法　178 × 47cm

方电华　春雨过后景色新　138 × 68cm

西風烈長空雁叫霜晨月霜晨月馬蹄聲碎喇叭聲咽雄關漫道真如鐵而今邁步從頭越從頭越蒼山如海殘陽如血
毛澤東憶秦娥婁山関 修東書

林修东 书法 137×55cm

林友清　书法　135 × 35cm × 2

林善本　荷花　66×66cm

舍南舍北皆春水但見羣鷗日〻來花徑不
曾緣客掃蓬门今始爲君開盤飧市遠無
兼味樽酒家貧祇舊醅肯與隣翁相
對飲隔籬呼取盡餘杯千山鳥飛绝万径
人蹤滅孤舟簑翁獨釣寒江雪
簑下脫笠字
右以聖教序筆意寫唐詩二首金木書之

陈金木　书法　195×69cm

孟子曰養心莫善於寡欲其為人也寡欲雖有不
存焉者寡矣其為人也多欲雖有存焉者寡矣
予謂心不止於寡焉而存耳蓋寡焉以至於無無則誠立
明通誠立賢也明通聖也是聖賢非性生必養心而
致之養心之善有大焉如此存乎其人而已張子宗
范有行有文其居背山而面水山之麓構亭甚清
淨予偶至而愛之因題曰養心既謝且求說故書以勉
周敦頤養心亭說 歲次壬辰端午劉榕建

刘榕建　书法　100 × 53cm

翁臻　觅　115×47cm

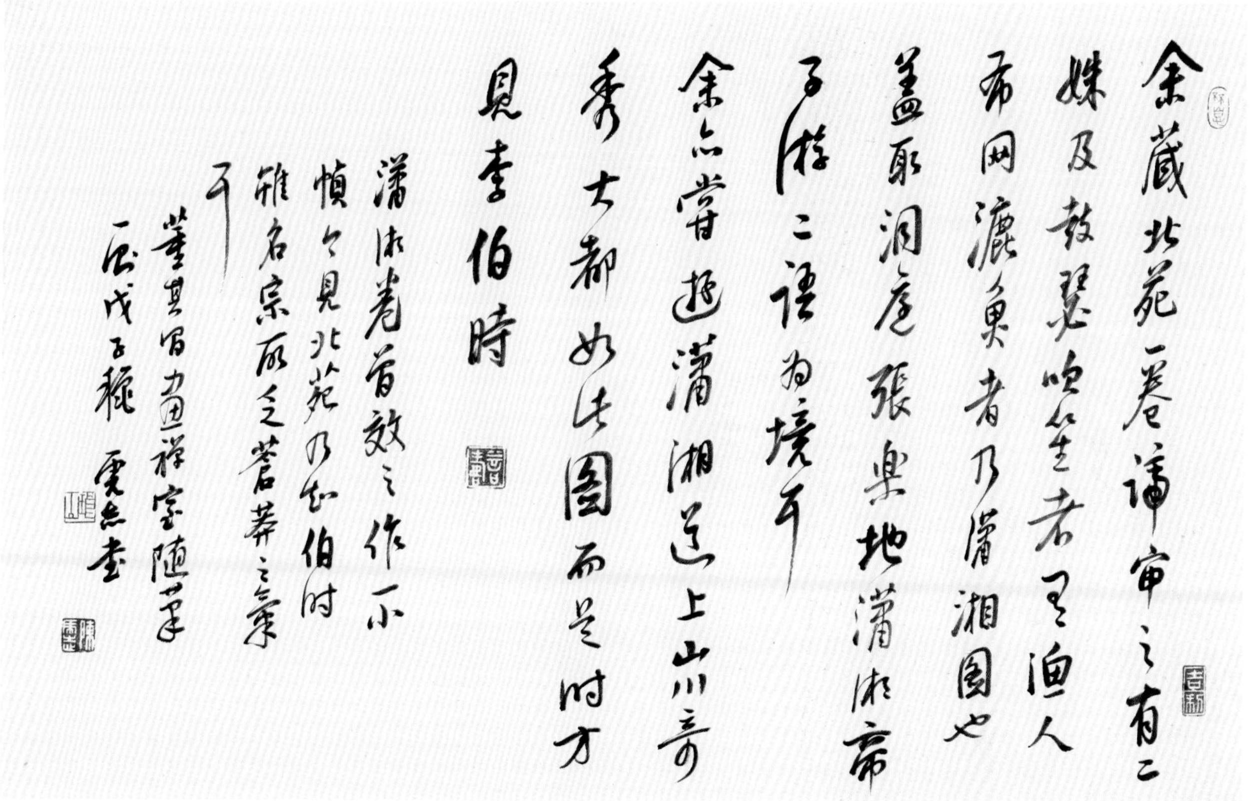
余藏北苑一卷谛审之有二
姝及鼓瑟吹笙者有渔人
布网漉鱼者乃潇湘图也
盖取洞庭张乐地潇湘帝
子游之语为境耳
余亦尝游潇湘道上山川奇
秀大都如此图而是时才
见李伯时
董其昌画禅室随笔

陈虎志 书法 47 × 78㎝

黄瑞仁　书法　133×31cm×2

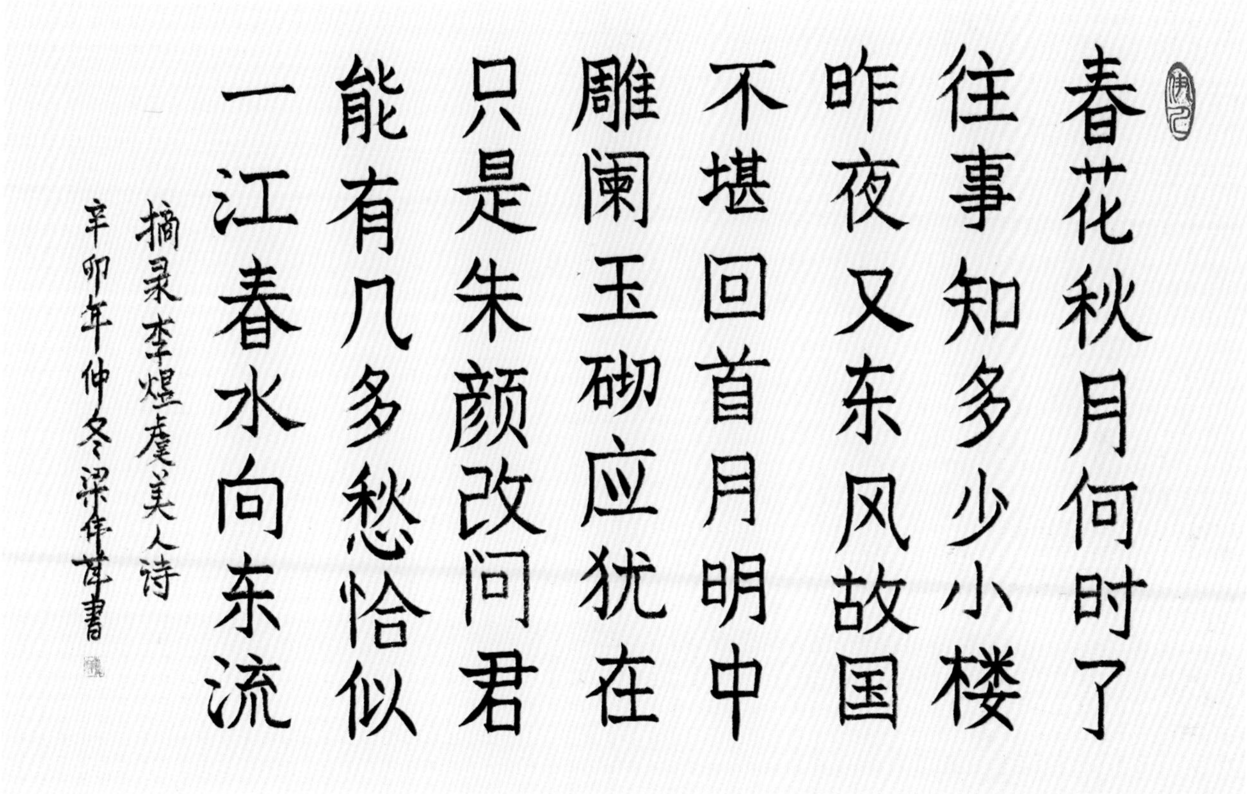
春花秋月何时了
往事知多少小楼
昨夜又东风故国
不堪回首月明中
雕阑玉砌应犹在
只是朱颜改问君
能有几多愁恰似
一江春水向东流
摘录李煜虞美人诗
辛卯年仲冬梁伟萍書

梁伟萍　书法　36×66cm

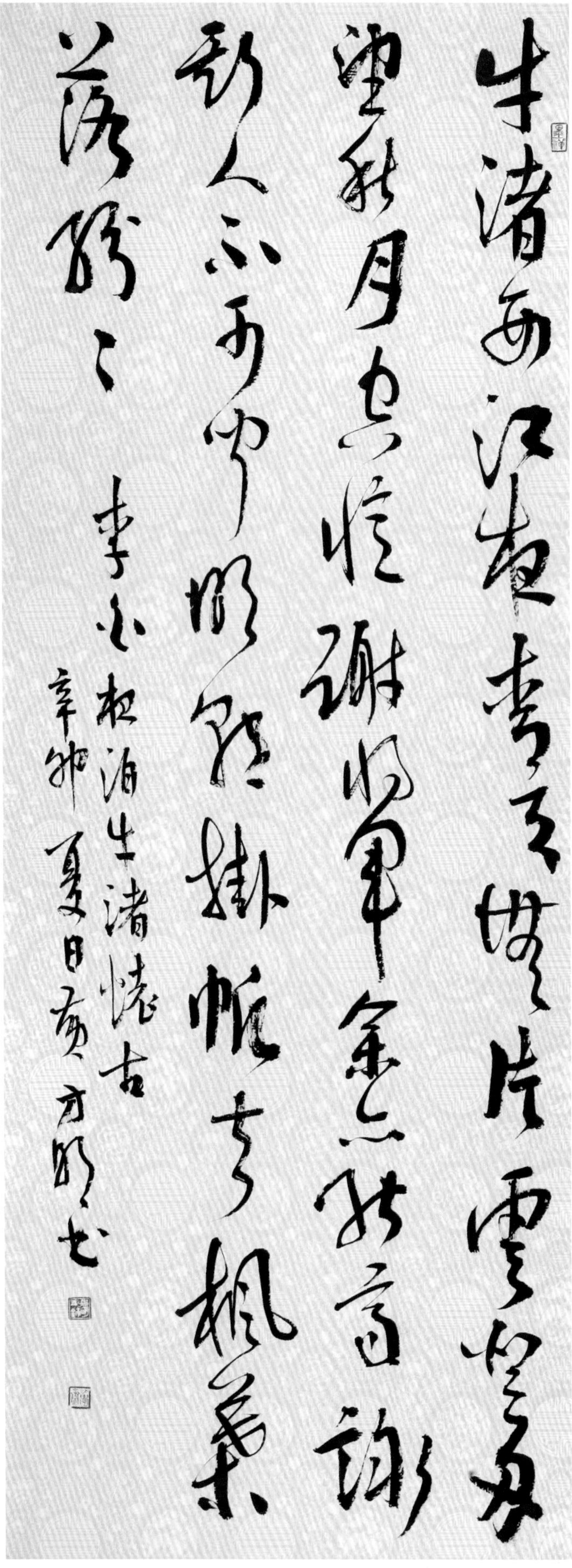

黄方明　书法　138×53cm

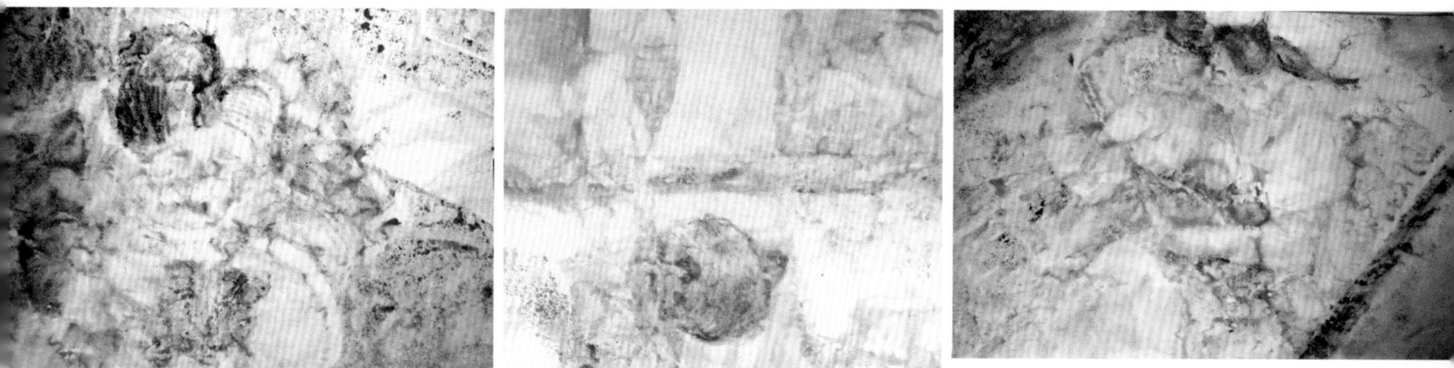

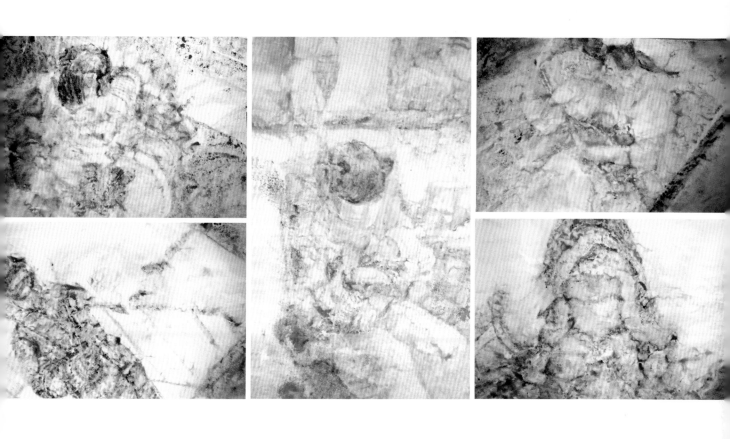

刘锋　印象时尚系列—他爸守边疆　180×280cm

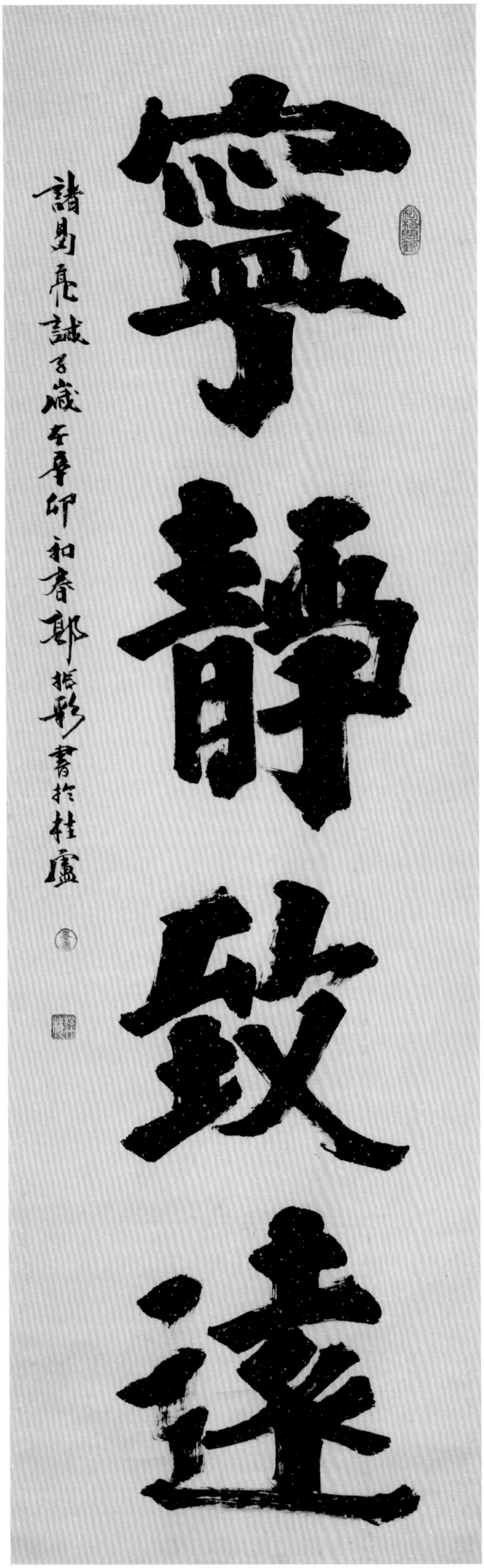
寧靜致遠
諸葛亮誡子 歲在辛卯和春 郭振彩書於桂廬

郭振彩　书法　177×56cm

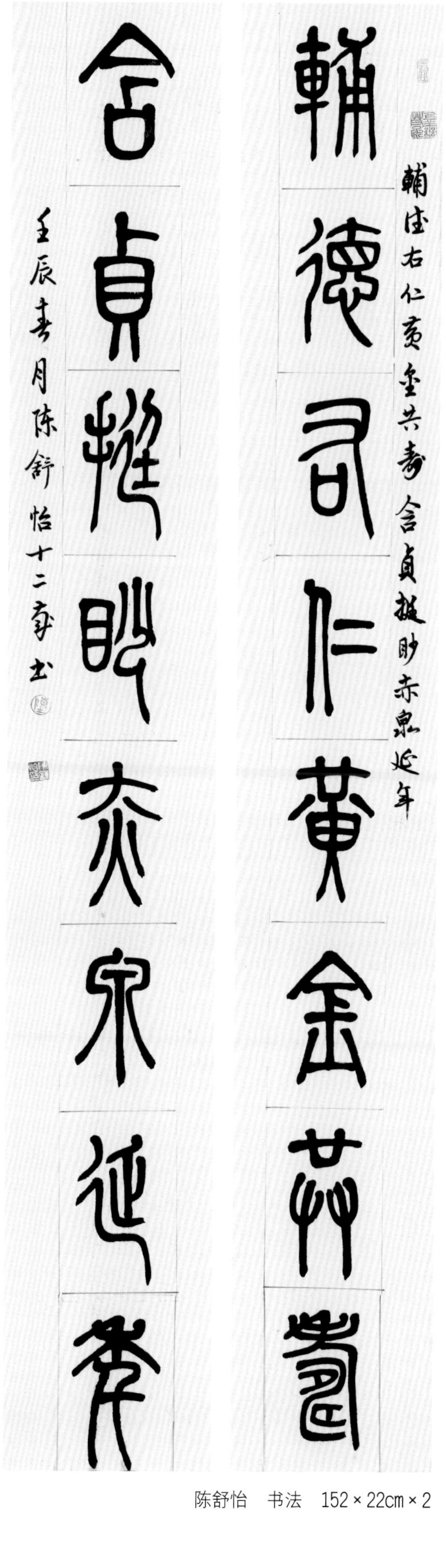
辅德右仁黄金共寿
含贞挺眇赤泉延年
壬辰春月陈舒怡十二岁书
陈舒怡 书法 152×22cm×2

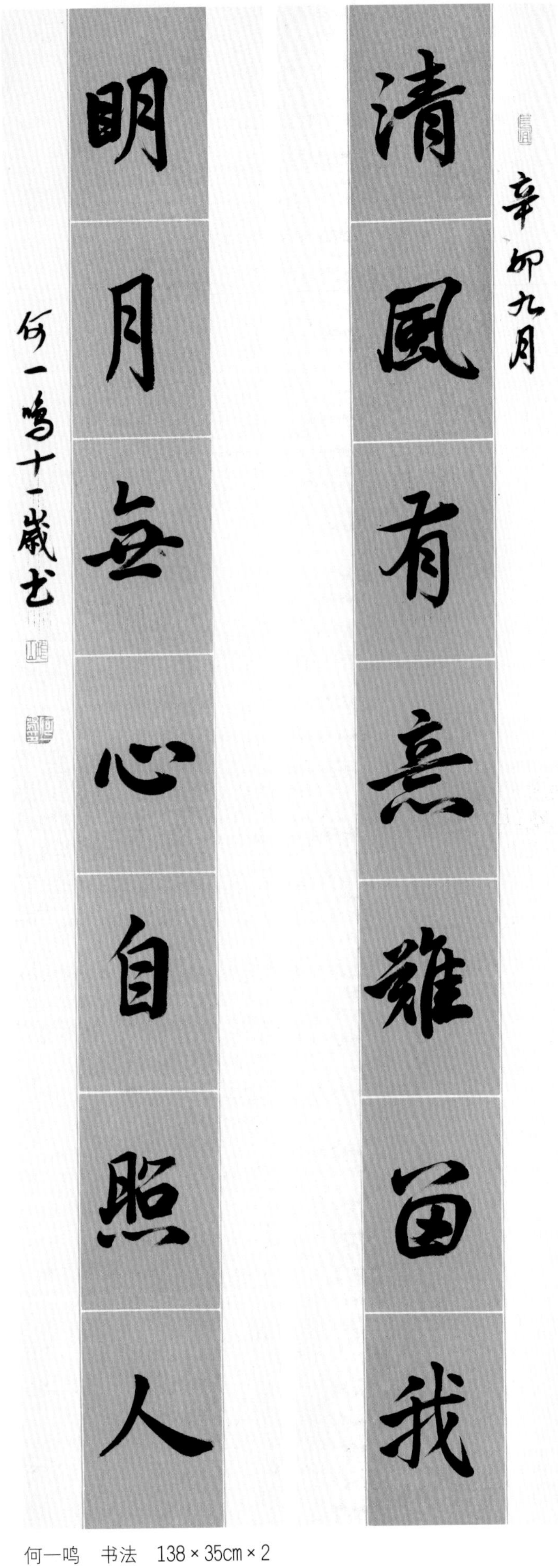
清風有意難留我
辛卯九月
明月無心自照人
何一鳴十一歲書

何一鸣　书法　138×35cm×2